反逆の勇者と道具袋9

菅《スガ》井《イ》晴《ハル》美《ミ》
シンイチの妹。17歳。
元・大人気アイドル。
とある事情でブラコン
気味。
メアリー
前魔王の力を受け継ぐ
大魔術師にして、
ヒノモト国の大将軍。16歳。
シンイチの正妻。
ウンディーネ
魔国の四大魔公の一人。
122歳。ヒノモト国では
宰相を任されている。
シンイチの正妻。
シンイチ
本編の主人公。19歳。
なんでも収納できる不思議な
道具袋を唯一扱える「勇者」。
アンリ
犬族の女の子。12歳。
シンイチに助けられた
元奴隷。シンイチを
兄のように慕う。
主な登場人物
MAIN CHARACTERS

マッチョジー
ギルドマスターを務める魔族の老人。年齢不明。かつて伝説の勇者のパーティに属していた。
ドンコイ
カストール侯爵家長男。30歳。フリージア皇国では有名な放蕩者。真の姿は優秀で慈悲深い変態。
井山光司《イヤマコウジ》
シンイチの同級生。19歳。伝説の勇者ヤギュウ・トモノリの転生者。シンイチに恨みを抱いている。
秋紀愛《シュウキアイ》
シンイチの同級生。19歳。伝説の勇者の仲間、大魔道士マーリンの転生者。光司と同じようにシンイチを恨む。

目次

ヒノモト国

勇者シンイチを打倒すべく旅を続ける、勇者トモノリの転生者、井山光司《いやまこうじ》と、大魔道士マーリンの転生者、秋紀愛《しゅうきあい》は、ヒノモト国に到着していた。

「ふーん。結構賑わっているわねぇ」

街中を見回りながら愛がつぶやく。

街は多くの人間であふれていた。

「けっ。チンケな街だぜ。気に入らねえな。右を向いても左を向いてもあいつの顔ばかりだ」

光司はヒノモト国に入ってから、ずっと不機嫌である。

街のあちこちにある商店の看板にシンイチの似顔絵が描かれ、『勇者御用達《ごようたし》』『勇者様に御贔屓《ごひいき》にされています』などと表示されていたからである。

「……シンイチはここじゃ本当に勇者なのね……」

愛が複雑な顔をする。

「ふん。本当の伝説の勇者は俺なのにな。いつか思い知らせてやるぜ！」

光司は地面につばを吐いてつぶやく。

そのとき、一人の少女がにっこりと笑って声をかけてきた。

「お客さん、観光ですか～？　人力車でこの街をご案内しますよ？　一回りたったの三ギルです！」

声の主は、光司たちと同年代に見える、ほっそりとした美少女である。この街で人力車は観光用の乗り物であるとともに、タクシーのようにも使われていた。

「へえ～。人力車って珍しいな。なあ、愛、乗っていかないか？」

光司は好奇心で目を輝かせている。

「……しょうがないわね」

愛がしぶしぶ承諾すると、少女は口早《くちばや》に告げた。

「決まりですね！　ちょっと待っててくださ～い～」

そうしてすごいスピードでどこかに走り去る。二人が呆気《あっけ》にとられたまましばらく待っていると、先ほどの少女が人力車を引いて戻ってきた。

「あなたが引くの？」

少女が馬車のように大きな人力車を軽々と引いているので、愛は驚いていた。

「えへへ、大丈夫ですよ。さ、乗ってください。私はミナといいます。よろしく！」

さっそく人力車は二人を乗せて、ゆっくりと進みはじめた。

人力車の上から街を眺めると、馬車に交じって、彼らと同じように人を乗せた人力車がたくさん行き来していた。また各国からもたらされた交易品を運んでいるものもある。

人力車を引いている車夫《しゃふ》には、牛のように角を生やした獣人、筋骨隆々《きんこつりゅうりゅう》とした小男、はたまた少年少女がいた。

街にいるのは、人間だけではない。

黒い羽を生やした魔族、犬耳や猫耳を生やした獣人族、魚と人のハーフでギョロリとした目を持つ鱗肌の半魚人、耳のとがったエルフ、全身緑色のゴブリンや豚顔のトロルなんて種族までもが平気で道を歩いていた。

「すごいわね……こんなにもたくさんの種族がいるなんて」

大昔のオールフェイル世界を思い出し、激変した社会に驚きながら愛がつぶやく。転生前の当時は種族同士の戦争が激しく、違う種族が同じ街にいることなど考えられなかったのである。

「えへへ。勇者シンイチ様がこのヒノモト国を創ってくれたおかげで、私たち少数種族も都会に出られるようになりましたぁ。ここではどんな種族も受け入れられますから、いままで差別を受けてひっそりと暮らしていた少数種族たちも、どんどん来ています。もちろん私もその一人ですよ～」

「……差別？　アンタは人間じゃねえのか？」

光司が首をかしげる。人力車を軽々と引く少女の見かけは人間そのもので、被差別種族には見えない。

「ふふ、じつは私は吸血族なのです!!」

ミナはいきなり振り向いて、二人に牙を見せつけた。

「きゃっ!!　なんで魔物がここに！」

ミナのきらりと光る牙を目にして、愛が悲鳴を上げる。

「魔物って失礼ですね～。私たちだって人間の亜種なんですよ」

「なんでこんなところに吸血族がいるんだよ！　しかも昼なのに！」

光司の言うように、太陽がさんさんと照りつける中で、吸血族が平気でいられるはずはなかった。

彼らは変身能力を持つので、人の世に紛れることは容易《たやす》いが、太陽光に当たると皮膚が爛《ただ》れるという最大の弱点がある。そのため、日中は外を歩けないはずだ。

「ああ、それはこのバッジに秘密があるのです。豊穣《ほうじょう》の聖者ドンコイ様が開発してくれた『吸光《きゅうこう》のバッジ』という魔具で、私たちに害をもたらす太陽光に含まれる紫外線を吸収してくれるんです。結構高いんですけど、私たちがこの社会の中で生きるためには必要なものですから」

そう言ってミナは胸元で輝くバッジを誇らしげに見せつける。

「で、でも、お前らは人を襲って血をすする化け物なんじゃ？」

光司が眉間にしわを寄せて尋ねた。というのも、吸血族は人間だけでなく魔族や獣人族まで襲って血をすする最悪の魔物として全世界から敵視されており、前世で光司と愛は、国から依頼を受けて吸血族の村を滅ぼしたこともあったのだ。

光司の懸念もどこ吹く風で、ミナは化け物らしからぬ友好的な笑みを浮かべて答える。

「そのことも勇者シンイチ様が解決してくれました。じつは私たち吸血族は、人の血の成分をわずかに混ぜれば家畜の血でも大丈夫なんです。勇者シンイチ様がそれに目をつけて、牛や豚を食肉にするときに廃棄されていた家畜の血と、勇者シンイチ様の世界の病院で期限切れのため廃棄されていた人の血を買い取って、混ぜて飲み物にして売り出してくれたんです～。いまじゃ、スーパーに行けばいくらでも売ってますよ～。一本たったの一ギルです。一日一本飲めば元気ハツラツです～」

「……アンタたちはそれでいいの？」

愛は明るく振る舞うミナを見て複雑な気持ちになった。前世で愛たちは吸血族とすさまじい死闘を繰り広げ、やっとのことで駆除したのである。

「大満足ですよ～。もともと私たち吸血族だって、好き好《この》んで人を襲って血を吸っていたわけじゃありません。生きるために必要だったんですが、人を傷つけるのを後ろめたく思ってたんですよ」

ミナは話しながら一瞬だけ悲しそうな表情を見せたが、すぐに元通りの笑顔に戻った。

「反逆の勇者シンイチ様と豊穣の聖者ドンコイ様は、他人とは違う考え方をされるんですよ。私たち吸血族を駆除対象じゃなくて、ちゃんと人として見てくれたんです」

そう語りながらミナの目は潤《うる》んでいた。さらにミナは続ける。

「私たちが困っているのを見て、新しい商品を開発してくれました。だから人間みたいに普通に暮らせるようになったんですよ。『吸光のバッジ』や血を買うためには、一生懸命稼がないといけないですけどね。でも、一方的に救世主様たちに救われたままじゃ吸血族の名折《なお》れですから、皆がんばって働いていています」

シンイチやドンコイは、敵対する相手を倒すのではなく商売のお得意様にするという考えを持っている。そうすることで敵対関係が自然と解消するだけでなく、自分たちまで利益を得るのだ。

愛がふと通りに目を移すと、人力車を引く車夫に少年少女たちが驚くほど多いことに気がついた。彼らをよく見れば皆『吸光のバッジ』を付けている。

「そうなんだ……そんな解決法があったなんて。私たちは吸血族を殺す以外の方法なんて考えもしなかったのに……」

前世で行った吸血族への殺戮《さつりく》を思い出して、愛は暗い顔をする。

「ふん。そんなことはどうでもいいさ。さっさと行けよ！」

勇者シンイチに感謝する少女を見て、さらに不機嫌になる光司だった。

それからしばらく進み、愛が何かに気づいた。

「え？　あの人って？　もしかして天使……？」

そう言って愛は、通りを歩くと女性を指さした。彼女の背中からは青い翼が生えていた。

「お客さん、天使だなんて、そんなこと言っちゃダメですよ。天使って呼び名は禁句なんです。彼らは風翼族《ふうよくぞく》ですよ。風の精霊の眷属《けんぞく》で、天使に似ているのは偶然で、天使ではありません。もっとも、そのせいで肩身の狭い思いをして、世界中からこの国に集まって来ているんですが」

「禁句……って、天使に見られるのがなんで忌諱《きい》されるの？」

愛が首をかしげる。愛の認識では、天使は勇者よりも崇《あが》められていたはずである。

「やれやれ……お客さんって相当田舎から来たんですね。いまじゃ勇者シンイチ様によって、天使がただの化け物だったことが明らかにされて、誰からも崇められていないんですよ」

ミナはため息を吐くと、シンイチによって変えられた世界観を二人に詳しく説明してあげた。それは次のようなものであった。

天使は人間の中から使徒を選び出し、勇者抹殺を指示して国に反乱を起こさせた。しかし、その陰謀は勇者シンイチによって暴かれ、人々の天使への信仰は失われた。それだけではなく、天使そのものがシンイチとの戦いで消滅してしまった。

「いまではすべての国の大神殿で天使像は壊され、光の聖霊教団は天使に代わって風の精霊を崇めるようになりました。天使は戦乱を煽《あお》った化け物として憎悪の対象になっています。でも、そのせいで不運にも嫌われるようになったのが、姿が天使と似ていた風翼族です。だから、彼らはこの国に集まってきたのです。勇者シンイチ様は彼らを快く迎え入れ、仕事を与えてくれました」

ミナの指が空を指す。郵便配達員のような格好をした風翼族が空を飛んでいた。他にも高いところで建設作業をしている者や、籠《かご》をぶら下げて飛んでいる者もいる。

「あれは私たちの商売敵《しょうばいがたき》で、人力飛船《じんりきひせん》ですね。空を飛んで人や物を運んでいます。料金は高いけど人気があって、この街の名物なんですよ～」

天使のような格好をした風翼族と、悪魔のような格好をした魔族が協力して籠を運んでいる光景は、じつにシュールだった。

愛が空を飛ぶ天使と悪魔に目をやりながら、ミナに尋ねる。

「……シンイチは誰でも受け入れるの？」

「シンイチ陛下だけじゃないですよ～。異世界の理想郷ニホンから来た人って、魔族も獣人族もあまり差別しないんです。この国では基本的に会話ができれば、どんな背景の方でも市民として登録できるんですよ。最初は偏見を持つ人もいないわけじゃないけど、景気がいいからとにかく人手不足で、異種族であっても一緒に働いているうちに仲良くなったりするんですよ～。この国はもはや、私たち吸血族の新たな故郷です。勇者シンイチ様万歳！」

ミナは誇らしそうな顔をする。

（……シンイチがここまでこの世界に影響を与えていたなんて……私はあいつのことを何一つわかっていなかったのかしら。幼馴染《おさななじみ》として一緒に育ってきたのに……）

愛は複雑な顔をして考え込んでいた。が、光司は違った。

（くくく……菅井真一《すがいしんいち》にできたんなら、伝説の勇者である俺ならもっとうまくできるぜ。待っていろシンイチ。この国ごと奪ってやる）

繁栄を極めるヒノモト国を見てもなお、己への自信を失わず、さらにこの国を征服する野望に燃える光司だった。


街を一回りして内壁門近くで人力車を降りた二人は、そのままミナと別れた。そうして宿を探して歩いていると、街の住人のヒソヒソ話が聞こえてくる。

「またたよ。よくやるよね～」

「いい加減にこの国じゃ犯罪はできないって、わかってもらいたいわよね」

住人が白い目を向けている先では、数人の男たちが二人の少女を取り囲んでいた。男たちは少女を連れ去ろうとしているようだ。囲まれているのは、ともに茶色の犬耳を持つ美少女で、どうやら姉妹らしい。

「お、お姉ちゃん。これから私たちどうなるの？」

小さいほうの少女はプルプルと震えている。

「大丈夫だよミスリ。お兄ちゃんがすぐ助けてくれるから」

ランドセルを背負った大きいほうの少女がそう言って笑い、妹の頭を優しくなでる。

思わず光司が前に出ようとする。

「お、おい。これって誘拐じゃねえか？　助けないでいいのか？」

が、近くにいた中年女性に止められた。

「あんた、どこかの村からこの街に来たのかい？　大丈夫だから放っておきなよ」

おばさんは余裕顔である。

「な、なんなんだよ！」

街の人間の奇妙な態度に、光司も愛も困惑するのだった。

その少し前

放課後、アンリとミスリが一緒に下校していると、怪しい影が忍び寄ってきた。

人相の悪い男たちが何人も現れ、二人を取り囲む。

「ちょっと聞くが、君は宮廷《きゅうてい》侍女《じじょ》のアンリかい？」

「そうだよ。おじさんたち、何か用？」

アンリは見知らぬ男たちに囲まれても、落ち着いて答えた。

「そうか。俺たちにちょっと付き合ってもらうぜ。抵抗したら……」

「いいよ。一緒に行こう」

なぜかアンリは平然としていた。

「え？　お姉ちゃん、こいつら絶対に変だよ！」

対照的に妹のミスリは怯えて、アンリにすがり付く。

「大丈夫だよミスリ。さ、一緒に行こ♪」

アンリはミスリの手を取って歩き出し、男たちに付いていった。

「な、なんだこのガキ。こんなに協力的なターゲットは初めてだぜ。もしかして、罠じゃねえか？」

男たちは、アンリがじつに物わかりがいいので、不気味にさえ思っていた。

「いや……周囲に兵士がいないのは確認済みだ。罠のはずがねえ。まったくつくづく甘い国だぜ。俺たちの姿を見ても誰も不審に思わねえしよ」

実際に男たちの姿は異様であった。獣の皮を着込み、ボサボサの髪、全身からは異臭が立ち上《のぼ》っている。どこからどう見ても山賊であるのだが、そんな男たちが少女を取り囲んでいるというのに、なぜか騒ぐ者など誰一人いなかった。

アンリどころか道行く人々も反応が薄く、ちょっと顔をしかめる程度で彼らを無視している。

「こいつら頭悪いんじゃないか？　このガキも誘拐されることをわかってないみたいだぜ！　こんな楽な仕事は初めてだな」

品のない笑い声を上げる男たちに、ミスリは青ざめる。

「お、お姉ちゃん!!　私たち誘拐されてるんだよ！」

「大丈夫大丈夫。あー、おじさんたち。一応言っとくけど、私たちを解放してこの国から逃げたほうが身のためだよ。お兄ちゃんを敵に回したくなければね」

アンリはまったく怯えず、むしろ男たちを哀れむように忠告した。

「けっ。いくら勇者だからって、人質さえ取ればこっちのもんだぜ！」

「勇者は金を貯め込んでるって聞くからな。さんざん絞ってやる」

バラ色の未来を想像して、男たちは笑い合うのだった。


彼らはアンリを連れて、悠々《ゆうゆう》とヒノモト城の外壁門までやって来た。

門の入り口を眺めながら、リーダーらしき男がぼやく。

「くっ……さすがに外壁には警備兵がいやがるな。おい、女、この中に入れ！　騒いだら殺すぞ！」

子分の男たちがアンリを袋の中に押し込もうとするが、彼女はやはり平然としていた。

「うん。わかった」

アンリはミスリの手を引いて、さっさと袋に入って姿を隠す。

こうしてアンリたちを袋に入れて馬車に積んだ誘拐犯たちは、外壁門に近づいていった。

外壁門の警備兵が誘拐犯たちを問い質《ただ》す。

「中の荷物は？」

「へえ……小麦で……」

誘拐犯のリーダーが卑屈な表情を浮かべて揉み手をするが、警備兵は顔色を一切変えない。

「一応調べさせてもらおう。シルフOS様、よろしくお願いします」

「任せて。『透過魔法《スキャン》』」

警備兵たちが持っていた筒がついた箱の中からシルフOSの声がすると、その箱から光が発せられて盗賊と馬車を照らした。

しばらくして、箱の中のシルフOSが告げる。

「……問題なし。行っていいよ」

妙な魔法をかけられて誘拐犯たちは緊張していたが、あっさりと通行を許されたので拍子抜けしてしまった。

「……いまのは何だったんだ。変な国だぜ」

首をかしげながら、門から一歩を踏み出す誘拐犯リーダー。次の瞬間、いきなり周囲の風景が変わった。

「あ、あれ？　ここはどこだ！」

突如として、周りが真っ白い世界に変化してしまった。状況が理解できず、うろたえる男たち。

「お、お姉ちゃん。ここはどこ？　怖いよう」

袋から出たミスリは初めて見る光景に怯えて、アンリに抱きついた。アンリは妹を安心させるように優しく言う。

「大丈夫だよ。すぐお兄ちゃんが助けてくれるからね。ほら来た！」

アンリが言い終えるやいなや、二人の体は何か大きなものに包まれ、やがて姿を消すのだった。

誘拐犯たちは呆然としていた。

「こ、これは……」

「もしかして……ここは噂に聞く……道具袋の中！」

ようやく自分たちがどこにいるかを悟って、彼らはパニックになるのだった。

再び少し前

「アンリちゃんとミスリちゃんが誘拐されたよ～」

執務室にいたシンイチの携帯に、シルフＯＳからのメッセージが入った。

「またか。まったく懲《こ》りもせず……」

「まあ、他国から入ってくる犯罪者はこの国の治安システムを知らないからね～。国王陛下の大事な妹分が、護衛も付けずにのんびり歩いてりゃ狙われるよね」

シンイチと一緒にいたシルフはキャハハと笑っている。

内壁門と外壁門にシルフＯＳが管理するスキャンシステムがあり、不審な者が出入りしたらすぐにシンイチに報告が入るようになっていた。

「んじゃ、捕まえるか。フィールド設定をヒノモト国全部にして……アンリとミスリと誘拐犯を収納」

道具袋に手を突っ込み、もう一方の手を地面につけて念じる。すぐに袋に何かが入った感触がした。

「よし。それじゃ、アンリとミスリ、出ろ」

道具袋から手を引き抜くと、目の前に二人が現れる。シンイチは安心させるように優しい笑顔を見せて二人に告げた。

「おかえり。大丈夫だったかい？」

「ただいま。言われた通りにおとなしく従っていたら、何もされなかったよ」

アンリは慣れた様子でシンイチに報告する。

「え？　いきなり周りが白くなって……お兄ちゃんがいて……ここはどこ？」

ミスリはひたすら混乱していた。何が起きたのかよくわかっていないらしい。

「よしよし。ここはヒノモト城だよ。もう安心だから」

シンイチはミスリを安心させるように、その頭を優しくなでてあげた。

現在のヒノモト国では、犯罪捜査にシルフＯＳたちの情報収集能力が活用され、犯人の捕縛にはシンイチの道具袋が用いられていた。このシルフＯＳと道具袋のコンビで、ヒノモト国の治安は完璧に保たれているのである。

シンイチがアンリに提案する。

「なあ、アンリ。やっぱり護衛を付けたほうがいいんじゃないか？　それとも、俺が学校の送り迎えをしようか？」

アンリに甘いシンイチは、あまりにも頻繁に彼女が誘拐されるので心配していた。

「大丈夫だよ。護衛さん付きだと自由に歩けないから嫌なの」

「だけどなぁ……これじゃまるで誘拐犯ホイホイだよ」

シンイチはため息を吐く。

アンリ誘拐未遂事件は今日が初めてではなく、もう十回目である。街の人もいまではすっかり慣れてしまい、アンリが妙な男たちと一緒にいても誰も気にしなくなっていた。

困り顔のシンイチをよそに、シルフが楽しそうに言う。

「いいじゃん。治安維持に一役かっていると思えば。アンリちゃんが真っ先に狙われるから、他の子たちの安全が確保されているんだよ。アンリちゃんは私の子たちがちゃんと見ているから大丈夫！」

国中の治安を自分の分身のシルフＯＳを通して管理しているシルフにとっては、アンリは治安維持機能の一つとして便利な存在であるらしい。

しかし、慣れていないミスリにとってはとんだ災難だったようだ。

「えーん。お兄ちゃん、本当に怖かったよう」

ミスリはシンイチに抱きついて泣いている。

「ミスリまで怖い目に遭わせて、ごめんな。ほら、もう泣き止みなさい」

「やだ！　お兄ちゃんから離れない」

シンイチはミスリを離そうとするが、却《かえ》って強く抱きつかれる。

「困ったな……そうだ。ミスリは何か俺にして欲しいことがあるかい？　怖い思いをさせたお詫びに、何でも言うことを聞いてあげるよ」

シンイチが耳元でささやくと、ミスリはピタっと泣き止んだ。

「ほんと!?　それじゃあ、今日はお兄ちゃんと一緒に寝たい！」

ミスリは満面の笑みを見せて、シンイチに大胆なお願いをする。

「別にいいけど、何で？」

「お姉ちゃんってば、お兄ちゃんと一緒に寝てることを自慢するんだよ！　だからたまには私もお兄ちゃんと一緒にいたいの！」

不満そうに言って膨れるミスリ。シンイチは意地悪な目付きでアンリを一瞥《いちべつ》すると、わざとらしく言った。

「ふーん。そうなんだ。それならアンリにはお仕置きをしないといけないな。これからはアンリなんてほっといて、ミスリと一緒に寝ようかな」

「うん！」

ミスリは嬉しそうに微笑んだ。そこへアンリが口を挟む。

「ちょ、ちょっと！　やだ！　お兄ちゃんごめんなさい！」

あわてて謝るアンリだった。


一方そのころ、外壁門の前にいたもう一人の勇者はただ困惑していた。

「これって……何が起こったんだ……」

誘拐された少女たちの身を心配してあとから付けてみたら、いきなり誘拐犯ともども消えたのである。

「兵士たちも当然のような顔をしているわね。一体何なの？」

愛も訳がわからなくて困惑していた。すると、若い兵士に話しかけられる。

「あはは、アンタたちはこの国の人間じゃないね。反応でわかるよ」

光司は状況がまったく理解できないまま兵士に尋ねた。

「あいつらはどうなったんだ？」

「ああ、シンイチ陛下に誘拐が知らされて、道具袋に収納されたんだよ。この街じゃよくある光景さ。犯罪行為におよんだ者は道具袋に収納される。だから治安が良いんだよ。アンタたちも気をつけな。変なことを企んでいると、気がついたら収納されているかもしれないぜ」

兵士は自慢そうにニヤニヤとしていた。シンイチという名を聞き、光司は再び不機嫌になる。

「くっ……なんなんだよ……」

「光司、行きましょう。この国に留まっていたら、何もできないままシンイチとの差は開く一方だわ。私たちも力を付けないと」

今日はヒノモト国に泊まる予定だったが、ここにいれば、シンイチの手のひらの上である。シンイチの力の一端を見た二人は、逃げるようにしてヒノモト国から離れるのだった。

数日後

光司と愛の二人は、魔国最南端の町ラグノールに到着した。

町は、魔族、獣人族そして人間族の冒険者で賑わっていた。

「ここはずいぶん人通りが多いな」

「それに、なんか柄が悪い人が多いわね。光司も人のことは言えないけど……」

周囲を見回しながら愛がつぶやく。確かにモヒカン刈りなど傾《かぶ》いている冒険者が多かった。そんな光景にまったく興味がなさそうに光司が言う。

「ともかく、『極魔《ごくま》の洞窟』とやらに行ってみようぜ」

二人がわざわざ魔国まで来たのはこれが目的であった。占い師ディオサによれば、そこには道具袋に対抗できる秘宝が封印されているのである。シンイチを打倒するには、それを手にするほかない。

二人が通りに沿って歩いていくと、街の中央にギルド本店の立派な建物が見えた。そのそばに巨大なダンジョンの入り口らしきものがある。どうやらここが目的地の『極魔の洞窟』らしい。

さっそく入ろうとしたが、洞窟の前に立っていた案内人が止められてしまった。

「あんたたち、ギルドカードは？」

まずいと思いながらも、光司は素直に白状する。

「……持ってない」

「なら、隣のギルド本店で手続きしてから入ってくれ」

「ちっ、わかったよ」

逆らっても意味はないと思い、二人は言われた通りに隣の建物に入る。ギルド本店は、冒険者の集まるギルドには珍しく、落ち着いた雰囲気が漂い、室内も清潔にされていた。

「静かだな……誰か絡んでくると思ったが」

光司が辺りを見回してつぶやく。

冒険者ギルドというのだから、荒くれ者がたくさんいて女連れの新人は先輩冒険者たちから因縁をつけられると思っていたのである。そんな予想に反して、筋肉ムキムキの冒険者たちも借りてきた猫のようにおとなしくしている。

順番待ちをしてギルドの受付の席に座ると、すぐに猫族の受付嬢が現れた。

「はじめまして。冒険者としての登録ですか？」

「お願いする」

光司がやや緊張しながら返答すると、受付嬢はにこやかに言い放った。

「ならば、お一人様一〇アルの登録料をお願いいたします」

その言葉を聞いて二人の顔が引きつる。

「……足りねぇ」

以前にディオサからもらっていたお金は、ここにたどり着くまでに大部分を使い切っていたのだ。

「困りましたね。登録をすると、『極魔の洞窟』には潜り放題なのですが。そうすればお二人分の登録料二〇アルくらいはすぐに稼げるんですけどねぇ」

猫族の受付嬢が困惑した顔で言う。

「ここのダンジョンにはそんなにお宝があるのか？」

「ええ。先々代魔王アバドン様が使いこなせなかったという、究極の秘宝が封印されているんですよ。で、その秘宝が勝手に魔力を集めてここを迷宮化させてしまったのです。秘宝はお金や持ち主がいなくなった宝物を全世界から召喚して溜め込み、それを餌にして冒険者たちを集めるようになりました」

「秘宝はなぜそんなことをするんだ？」

光司が首をかしげる。

「究極の秘宝が自分を使うにふさわしい持ち主を探しているのかもしれませんね。とにかく、そのおかげでどれだけ冒険者が宝物を持っていっても、しばらくしたら自動で補充される仕組みになっています。なので、ここを訪れる冒険者が絶えることはありません。冒険者ギルドが設立されたのも、この洞窟を守ることと冒険者の管理のためなんですよ」

ギルドの受付嬢が説明する。

「……それはわかった。だが、現状俺たちには金はねえ。なんとかツケといてくれねえか?」

「そうおっしゃられましても……例外は認められませんので」

ギルド嬢は困惑しながら、原則を曲げられない旨を伝えた。

その様子を見た愛が、食い下がろうとする光司を抑えて告げる。

「光司、いったん帰りましょう。お金を用意してまた来ればいいわ」

「でもよ、何かいい考えでも浮かんだのか?」

「ちょっと勇者パーティとしては情けないけどね。まあ背に腹は代えられないわ」

苦笑して愛がギルドから出ると、光司はあわてて付いていった。


「……いい考えってこれかよ……」

「ぐずぐず言わない。しっかり見守っててよ」

魔国の町ラグノールは大都市であり、そこには当然飲み屋街もある。二人が来ていたのは、気の荒い男たちがいそうな路地裏であった。

胸元をはだけさせた愛がふらふらと歩き、離れたところで光司が見守っている。

「これじゃ美人局《つつもたせ》のヒモじゃねえか……伝説の勇者も堕ちたもんだぜ」

光司がぶつぶつと文句を垂れていると、さっそく柄の悪い男たちが愛に絡んできた。

「姉ちゃん。そんな色っぽい格好をして、男でも探してんのか？」

「なら、俺たちを相手してくれよう」

「金ならあるぜ。ダンジョンから戻ってきたばかりだからな」

男たちは下品にゲヒゲヒ笑いながら愛の肩に触れる。そこで愛が叫んだ。

「光司、お願い！」

光司は「はいはい」とつぶやくと、冒険者たちの背後から迫って一人の男の腕をつかんだ。男が光司をにらみつけてくる。

「ああん？　てめえ誰だ」

「その女のツレさ。おとなしく金を置いて去りな」

目を光らせて威嚇《いかく》する光司。しかし、冒険者たちはまったくひるむ様子を見せない。

「ふん。てめえらの顔は見たことがねえ。どうせポッと出の新人Fランクだろ。いきがってんじゃねえぞ。俺たちは十年も冒険者を続けてDランクまでなった冒険者パーティ『飢狼《がろう》』だぜ。この名を聞けば、Aランクの冒険者だって一目置くんだ」

そう言って男は光司の手を振り払おうとしたが、力で引き剥がそうとしても光司の手は離れない。

「ふん。俺は相当舐められているんだな」

光司が吐き捨てるようにつぶやき、男の腕をつかんだ手に力を込めると、バキッという音がして、男の腕が折れてしまった。

「ギャアアア!!」

男は地面をのたうち回って倒れる。

「ふふ。戦いのカンを取り戻すにはちょうどいいぜ、なにせ伝説の勇者の記憶が戻る前までは甘ったれたお坊っちゃんでしかなかったんでな。他のやつらも相手をしてもらおうか」

光司は舌舐めずりすると、おびえる他の二人に向き合った。


それからしばらく経った。路地裏に転がっているのは、先ほどの冒険者たちである。愛は目の前の光景に若干引いている。

「ふふ。少しやりすぎじゃない?」

「殺しちゃいねえさ。全身の骨を折っただけだ」

二人の足元で倒れ、うめき声を上げる冒険者たちに一瞬目をやった愛が淡々と告げる。

「それじゃ、全部もらいましょうか」

こうして二人は冒険者たちの体を探ったのだが、いくらあさっても彼らはろくな物を持っていなかった。

「ちっ。『革の鎧』『棍棒』『木の槍』って何なんだよ！」

「……『汚い服』『アルコールが染み付いた盾』……どうやら場所が悪かったみたいね」

二人はそろってため息を吐く。路地裏にたむろしているような冒険者たちでは、金目のものは持っていなかったようだ。

「さて、これからどうするんだ？」

「仕方ないわね。もうちょっと金を持ってそうな相手を探しましょう。あ、待って」

愛は一人の冒険者がしている指輪に目を留めた。

他のガラクタとは違い、その指輪からはかすかに魔力が感じられる。愛は指輪を取り上げると、鑑定魔法を唱えた。

「『鑑定』……『微力の指輪』かぁ。最低ランクの魔具だけど、魔法発動体くらいにはなるわね。一応もらっておきましょう」

指輪を取られ、男が地面に伏したまま訴える。

「や、やめろ。それは死んだばあちゃんの形見《かたみ》で……」

愛は男に冷たい視線を向けると、無機質に告げた。

「はいはい。ありがとう」

号泣する哀れな冒険者をよそに、そのまま二人は次の獲物を求めて高級酒場がある一帯に移動するのだった。

「しかし、誰も絡んでこねえな……」

「そうね……」

高級酒場でチビチビと酒を飲む光司たち。

酒場における冒険者のテンプレ的行動がなされることを期待していたのだが、周囲の身なりのいい男たちは行儀良く酒を飲んでいるばかりであった。高級店に来るような高ランクの冒険者は、喧嘩など吹っかけてこないものらしい。

光司がイラつきながら言う。

「……仕方ねえ。行こう」

カモを探すどころか高い酒を飲まされて、ますます所持金を減らしてしまった。光司は頭を掻きむしる。

「くそ！　どうすりゃいいんだよ」

「こうなったら最後の手段ね。あそこに行きましょう」

愛が指さす先には、地下に続く階段があった。

「何があるんだ？」

「行ってからのお楽しみよ。地下から何人もの人間の熱気が感じられるわ」

愛が先に立って階段を下りていくと、あわてて光司も従った。二人がたどり着いた一室には、怪しい空気が漂っていた。

「おい、ここって……」

「ふふふ、残った三アルで大きく稼ぐには、こういう場所しかないでしょう？」

そう言いながら、愛の目はすでに据わっていた。

周囲には同じように血走った目をした男たちがおり、トランプを切ったり、チップを積んだりしている。そう、ここは無法者たちの集う裏カジノである。

「さあさあ、四取りゲームだ。張った張った！」

威勢のいい掛け声とともに、冒険者たちがテーブルに集まる。

ディーラーは、黒い石のたくさん入った箱に杯を入れてすくい上げると、そのままテーブルの上にかぶせた。

「【1】だ！」

「【0】！」

「うーん、【3】！」

「……【2】」

客たちはそれぞれ数字を選んでチップを張っていく。

「ねえ、あれって何をやっているの？」

愛はここがカジノということはわかっていたものの、ゲームに関する知識はまったく有していなかった。一方光司は、このゲームを知っているらしく、テーブルを見ながら笑みを浮かべている。

「くくく、親父にマカオに連れていかれて、このゲームもそこのカジノでやったことがあるんだ。まあ見てな」

ゲームは進行し、ディーラーによって四つずつ石が取り除かれていく。そして最後に三つ石が残った。

「【3】だ！　やった！」

【3】の場所にチップを置いた客が元金と三倍の配当を受け取り大喜びする。他の客は悔しげにテーブルから離れていった。

愛が不思議そうな顔をして光司に尋ねる。

「ねえ、これって何のギャンブルなの？」

「『ファンタン』っていう単純なゲームさ。いまじゃ廃《すた》れて、ほとんどどこのカジノでもしてないがな」

『ファンタン』とは、十九世紀に中国で流行《はや》ったギャンブルである。

お碗に数十個の石を入れて、裏返して山を作る。そしてテーブルに書かれた【0】から【3】の数字の上に賭け金を置き、山から石を四個ずつ取り除いて、最後に余った石の数が合えば勝ちとなる。

「ふーん。でも、あれってイカサマよね」

愛がテーブルをじっと見つめながら指摘する。

「え？　俺にはまともにやっているように見えたんだが……」

光司はキョトンとしていたが、愛は何か閃《ひらめ》いたらしい。

「ちょうどいいわ。アレでお金を稼ぎましょう」

そうつぶやくと、愛は自信満々な様子でディーラーの立つテーブルに近寄っていった。

ディーラーが愛に愛想よく声をかける。

「お、色っぽい姉ちゃん。やるかい？」

「ええ。お願いするわ」

愛は、ちょっと腰をかがめて胸元を突き出しながら妖《あや》しく微笑む。

その色っぽいしぐさを見て、鼻の下を伸ばすディーラーや周囲の冒険者たち。谷間を見つめながらディーラーが尋ねる。

「いいねえ。どうするんだ？」

「【1】に賭けるわ」

愛の返答ににやりと笑うと、ディーラーはテーブルの上に石の山を作り出した。

「よーし、載ったぜ！」

テーブルに積まれている黒い石を四つずつ取り除いていく。最後には石が一つだけ余っていた。

ディーラーが感心したように言う。

「よっしゃ。【1】だ。持ってけ姉ちゃん！」

元金と配当で一二アルを受け取る愛。

「ふふ、まだまだよ。次も【1】に全額賭けるわ」

お金をそのまま【1】の数字の場所に置く。

「こりゃいい度胸だ！　おい、皆もやれよ！」

冒険者たちも釣られてどんどん賭けていき、場は異様な熱気に包まれていった。そして、石を取り除いていった結果。

「えっ？【1】だと？」

ディーラーが意外そうな顔をする。愛は彼の顔を見つめながら、にこにこして首をかしげた。

「何か問題あるかしら？」

「い、いや。それじゃ元金と配当で四八アルだ」

惜しそうに、ディーラーは愛にチップを渡す。

「まだまだ！　次は【2】に賭けるわ」

愛はまたそのまま全額を賭ける。いつの間にかテーブルには人だかりができていた。

ギャラリーが増えても、そのまま次々と当て続ける愛。

「ぐっ……ばかな！　当たるわけねえだろ！」

次第にディーラーは余裕がなくなっていった。四回も連続して当てられ、チップはすでに七六八アルになっている。

「うふふ……じゃ次」

「お、おい、いい加減にやめとけよ！」

だんだん心配になってきた光司が愛の服の裾を引っ張ると、そんな彼の行動を見たギャラリーから野次《やじ》が飛ぶ。

「なんだ！　勝ち逃げかよ！」

「引っ込め！」

騒然とする観客を横目に、愛は口元に笑みを浮かべてさらに宣言する。

「うふふ、次は【2】よ！」

さらに容赦なく続ける愛に、ディーラーは額に汗を浮かべる。

（な、何で当てられるんだよ！）

石の山を取り除《の》けながらディーラーは念じる。

（魔石よ、透明になれ！）

山の中の石のいくつかがスッと消えた。こうして紛れ込ませてある魔石を消すことで、カジノの運営側とグルになっている客に当てさせていたのである。これがイカサマの仕組みだった。

最初の一回はともかく、あとはずっとそうやって愛が指定した数を外そうとしていたのだが、ことごとく当てられてしまった。ディーラーは頭を抱える。

(俺が石の数を間違えるわけねえし……まさか！　やつらもイカサマか！)

そう思って目の前の女の手元を見ると、はめている指輪が妙な光り方をしているのが目についた。

それと同時に、積まれた山の中で消えていた石が復元されていく。

(間違いねえ！　くそ！)

憤りながら石を取り除いていくと、やっぱり最後には愛の賭けた通りに二個残ってしまった。とはいえ、自分たちもイカサマをしていた手前、愛の不正を指摘することもできない。

愛がうれしそうに声を上げる。

「ふふ、これで三〇〇〇アル超えね！」

「やったぜ！」

光司が飛び上がって喜ぶ。

その様子をカジノの従業員たちは悔しそうに見ていた。


三〇七二アルもの大金を受け取って、二人はカジノを出た。

「つまり、石の中に姿を消す魔法が込められた魔石が何個かあって、ディーラーの思念に反応して消えたり現れたりしていたの。私はその魔石に干渉して、こっちに都合よく数を変えていたってわけ」

愛はなんでもないように言うが、簡単にできることではない。そもそもカジノの入り口で厳しくチェックされ、魔具は没収されたのだから、持ち込むだけで至難の業《わざ》なのだ。どうやって持ち込んだのかといえば、入るときに『微力の指輪』の魔力を完全に打ち消してただの指輪としていたのである。そしてディーラーに気づかれないように『微力の指輪』で魔法を制御しながら発動させていた。並みの魔法使いにできることではなかった。

愛の能力の高さに感心し、光司は思わず感嘆の声を漏らす。

「さすがだぜ！」

そうして喜びを表しながらも光司は、すぐ警戒する様子を見せはじめた。二人のあとをつけてきた者たちの存在を感じたためである。

さっそく追跡者の一人が光司に声をかけてきた。

「お客様……失礼ですが、当店でも我慢できる限度額、というものがあります。申し訳ありませんが、少々オイタが過ぎましたな」

馬鹿丁寧な言葉遣いで話しかけてくるエセ貴族のような男を筆頭に、複数人の男たちがさりげなく二人を取り囲んだ。

男たちを見回し、光司が口元に笑みを浮かべて言う。

「ここじゃ何だから、裏に行って話をつけないか？」

「望むところですとも」

光司と追跡者たちが裏路地に入っていき、そしてしばらく経つと――。

「『涼風《すずかぜ》の剣』『練銅《れんどう》の鎧』か。まあまあの装備だな。そっちはどうだ？」

「『銀の杖』『柔蛇《じゅうだ》の衣』ね。まあ雇われた冒険者だとこんなものかしらね。これくらいで我慢しておきましょう。お金もたっぷり手に入ったことだし」

二人の周りでは、丸裸にされた男たちがうめいている。光司たちは容赦なく冒険者たちの持っていた装備を全部奪っていった。

「じゃ、ひとまずギルド本店に行くか」

こうして大金を手にした二人は、手続きするために冒険者ギルドに向かうのだった。

『極魔の洞窟』――地下四九階

ギルドで冒険者登録を済まし、Ｆランク冒険者となった光司と愛は、さっそくダンジョンに潜った。そして、わずか一週間で上級レベルの冒険者たちが戦う階層にまで到達していた。

いま二人は、魔物の群れと対峙《たいじ》している。

「おらっ！」

光司が、オークとゴブリンが合わさった魔物であるオークゴブリンの群れに向けて、『涼風の剣』を振るとカマイタチが発生し、魔物たちはまとめて切り刻まれた。

「『ウォータースピアー』！」

愛が呪文を唱えて杖を振る。水でできた槍が放出され、襲いかかってきた狼の魔物が串刺しになった。

前世で伝説の勇者と大魔道士として経験を積んできただけあって、体が戦い方を覚えていた。どんどんモンスターを倒していき、彼らが通ったあとには魔物の死体と魔石が積み重ねられていく。

「……もったいないな。『道具袋』があれば全部持っていけるのに」

大きなリュックを背負った光司がつぶやく。

いくら勇者でも人間である以上、持ち運びできる量は限られている。手に入れたアイテムや魔物の死体が多すぎたので、価値が高いもの以外はあきらめて捨てていかざるを得なかった。

「ぼやかないの。道具袋はシンイチが持っているんだから。私たちはもっと力をつけ、対抗できるアイテムを手に入れて、あいつと戦えるようにならなきゃ」

途中で手に入れた中級アイテム『水華《すいか》の杖』を持った愛が慰める。

さすがに伝説の洞窟らしく、中の宝物も充実していた。二人の最初の装備は低レベルのものだったが、ダンジョンが深くなるにつれて、より高級な武器を手に入れることができた。

「……だけど、いい加減にいったん戻ろうぜ。もう限界だよ」

重そうなリュックを背負った光司が情けない声を上げる。確かにリュックはパンパンに膨れていて、これ以上入りそうになかった。

「そうね。次のボスを倒したら脱出しましょう」

愛はそう言うと、地下四九階のボス敵の部屋に入る。そこにはプールのように巨大なスライムが待ち構えていた。

「いまの私たちにとっては強敵よ。光司、気をつけて!!」

「任せておけ!!」

威勢よく光司が斬りかかる。『涼風の剣』はスライムを一刀両断したが、二つに分裂したスライムは合体してまた元に戻ってしまった。

思わず光司が声を漏らす。

「んな?」

「バカ、ゲームとは違うのよ。こいつは雑魚《ざこ》じゃないわ!!『鑑定』」

愛があわててボス敵のステータスを調べて、表示させた。

ペーストスライム　LV35
核を砕かない限り生命力は無限。体は液体で構成され、炎、水、風、地属性に耐性を持つステータスから瞬時に弱点を見極めた愛が、杖を振って魔法を発動させる。

「『凝固《ぎょうこ》』」

スライムに魔法をかけると、やわらかい体の一部が固まった。すかさず愛は叫ぶ。

「いまよ!! 剣で砕いて！」

「わ、わかった」

光司は再び近づいて凍りついた部分に剣を振ろうとする。が、その一瞬早くスライムから触手が伸びて、光司の足に絡みついた。

「うわ！」

光司はバランスを崩して、スライムの体にダイブしてしまう。

「もう、何やっているのよ！ キャッ!!」

愛も死角から近づいてきた触手に捕らえられ、体内に取り込まれてしまった。

スライムの体内に引きずり込まれた二人は、何とかして出ようともがくが、スライムの体液には粘性があり、なかなか抜け出せない。さらに少しでも気を抜くと、奥深くまで引きずり込まれてしまいそうになる。

スライムの体内で愛が叫ぶ。

「スライムの体液は吸収の効果があるから、このままじゃ吸い尽くされてしまうわ！」

二人とも魔力で体を守っていたのでしばらくは持ちそうだが、逃げ出すことさえできなかった。

イラついた光司が無理やり攻勢に打って出る。

「くそ！　なら核を破壊するまでだ！　閃光拳《せんこうけん》！」

光司が、両拳に雷の魔力を集中させてスライムの核に向けて放つ。拳から出た稲妻《いなづま》は体中に広がり、スライムは一瞬だけ動きを止めた。

「やったか？」

しかし、すぐスライムは動きはじめ、光司たちはまたしても動くことができなくなってしまった。

「……光属性が弱点らしいのは何となくわかるんだが、いまの俺の力じゃ無理だ。力を発揮できるような武器でもあれば……」

悔しげに唇をかむ光司。本来の力が戻れば、大威力の雷を放つことができるのだが、いまの光司には無理だった。

愛がスライムの体内の奥のほうを指さして告げる。

「なんとかしないと、彼らと同じようになるわ」

そこには何人もの冒険者のミイラが沈んでいた。

「じょ、冗談じゃねえ。こんなところで死ぬなんてまっぴらだ！　あれ？」

ミイラを見た光司の目が輝く。ミイラの手には短刀が握られており、キラキラと光っていた。

「待てよ……あのナイフはもしかして光属性のものか？　よし、一《いち》か八《ばち》かだ」

光司は体を覆う魔力を切った。すぐさま、スライムの体液が彼を包み込む。

「光司！」

愛が叫び声を上げる。

「大丈夫だ!!　ちょっとショックが行くから、魔力で防御していろ!!」

そう言うと、体に激痛が走るのも構わずスライムの体内を泳ぎ、ミイラのところにまでたどり着いた。そうしてミイラの手からナイフをもぎ取る。

「へへ、やっと光属性の武器を手に入れたぜ!!『サンダースパーク』!!」

光司はナイフを媒介させることで、強力な雷の魔法を放った。

ナイフより電撃が放たれ、一瞬のうちにスライムはすべての体液を蒸発させてしまった。残っているのは核だけである。

「それは……『雷神のナイフ』？　たいした武器じゃないはずだけど……でも、すごい威力ね」

解放された愛が光司の手にある武器を『鑑定』する。それなりの武器ではあったが、伝説というほどではない。プール一杯分もある巨大スライムを一撃で倒したのは、武器のおかげというより光司の魔力あってこそだった。

「はは、俺の魔力属性は光、炎、闇だからな。光属性の武器が手に入った以上、使いにくかった風属性のこの武器なんかいらなくなったな」

光司はそう言って笑うと、いままで使っていた『涼風の剣』を投げ捨てた。

「ば、馬鹿。冗談でもそんなことをしたら！」

愛は遠くに投げ捨てられた剣を拾おうと走るが、彼女が追いつく前に『涼風の剣』は床に溶けるように消えてしまった。

「あれ……？　なんで消えていったんだ？」

口をぽかんと開けて驚く光司を、愛は軽くにらみつける。

「ギルドの人が言ってたでしょ。このダンジョンは持ち主がいなくなったお金やアイテムを引き寄せているって。所有権を放棄したらダンジョン内の宝箱に転移されるのよ。持って帰ってギルドに売ればよかったのに！」

「す、すまねえ。ちょっと調子に乗りすぎたみたいだ」

光司は決まり悪そうに頭を掻いて謝った。

「まあいいわ。それよりお宝の回収が先ね」

スライムが消えたあとには、宝箱が出現した。さっそく開けてみると、中には古めかしい杖が入っていた。

「えーっと、『癒しの杖』か。回復魔法が使える杖ね。まあまあか」

まあまあと言いながらも満足そうな顔を見せる愛。光司はスライムの体内にいた冒険者の死体をあさった。

「ふーむ。ほとんどがボロボロで使い物にならないが、『ミスリルメイル』だけは使えそうだな」

光司は死体から、ミスリル製のチェインメイルを剥ぎ取り装備する。

「最初にしては充分よ。これでいったんダンジョンから出ましょう」

こうして二人は、ボスの部屋にあった脱出用魔法陣で転移し、ギルドの本店に飛ぶのであった。


さっそく戦利品をカウンターに広げて、光司がぶっきらぼうにお願いする。

「買い取りを頼むぜ」

「は、はい。確認しますね……モンスターの死体が多数に、下級魔石二十個、中級魔石五個、『鉄の剣』『銀の剣』『練銅の鎧』『銀の杖』『柔蛇の衣』『精霊のマント』『戦士のパンツ』『魔法使いのブラジャー』ですね。かなりいい物ばかりです。えっと、合計で二五〇〇アルになります」

持ち込まれた戦利品のあまりの量に驚き、ギルド嬢は少し引きつった表情を見せながら、二人に査定金額を手渡した。

「すげえ……あいつら……」

遠巻きに見ていた冒険者たちはその光景を見つめながら、うらやましそうにしていた。周囲の視線を受け、得意気になった光司がつぶやく。

「へへ、当然よ。この伝説の勇者トモノリ・ヤギュウ様を舐めるなってんだ」

「いいから、威張らないの。それじゃ、一五〇〇アルはギルドに預けておくわ」

愛はそう言って、一〇〇〇アルだけ取って残りは返す。

「かしこまりました。責任を持ってお預かりいたします」

ギルド嬢の笑顔を背に、二人はラグノールの街に繰り出していった。

「久しぶりの街もいいもんだな。一週間も迷宮にこもっていたから」

光司は晴れ晴れとした顔で街を歩いていた。

たった一週間で二五〇〇アル——一般人の数年分の年収を稼いだので懐は温かい。カジノで巻き上げた金と合わせれば、かなり高価な装備も買えそうである。

街頭の露店を冷やかしながら愛がつぶやく。

「この街の店の商品はほとんどギルドから仕入れているって聞いたけど……いまいちね」

武器、防具、アイテムや魔石などたくさんの物が売られていたが、なぜかあまりいい物は置いていなかった。早くも散策に飽きてしまったらしい光司が言う。

「店を見るのはあとにして、先に飯を食わないか？」

「そうね。私もお腹すいたし」

さっそく二人は『高級料理店ジャパン』と看板が出ている小奇麗なレストランに入った。

席に着くと、メイド服を着たエルフの女の子がにっこり笑いながらメニューを持ってくる。

「いらっしゃいませ」

二人はメニューを見ながらなんともいえない顔をする。そこには、カレー一アル、ラーメン一アル、オニギリ三ギルと、見覚えのある品名と高すぎる値段が書かれていた。なお一アルは、日本円にして一万円、一ギルは一〇〇〇円に相当する。

二人の様子から事情を察したらしいエルフの女の子が言う。

「あ、初めての方でしたか。当店は伝説の勇者シンイチ様の故郷であるニホンの料理を提供しております。それではご説明させていただきますね。まず当店人気メニューのラーメンというのは……」

「……説明はいいわ」

「てか、高すぎるだろ！　ボッタクリもいいところだ！」

愛も光司も怒りをあらわにしたが、メイドエルフは平然としたままである。

「失礼ですがお客様、当店は理想郷ニホンから特別な食材を輸入しておりますので、少々高い値段になります。それでも、勇者シンイチ様の好物を食べられるため、皆様に大変喜ばれていますよ」

そう聞いて改めて他の客の様子を見てみると、確かに皆喜んで食べているようだった。光司と愛は嘆息してメイドエルフに伝える。

「……仕方ねぇ。カレーだ」

「私はラーメンでいいわ」

「かしこまりました！」

二人の注文を取り終えたメイドエルフは、満面の笑みを浮かべてテーブルから離れていった。光司がイラ立ちを見せる。

「なんでこんなところまで来て日本食を食わないといけないんだ……てか、何が高級料理だ！」

「シンイチの影響がこの世界で急速に広まっているようね。あいつを倒すのは並大抵のことじゃないわよ。この世界の文化まで支配しつつあるようだし」

レストランを見回して愛がつぶやく。確かに客たちは、シンイチへの親愛の気持ちを表すように日本ではありきたりの料理をありがたがっているようだった。

「カレー美味い！　勇者シンイチ様の世界の料理は美味いなぁ」

「俺、ヒノモト国の兵士になるのが夢なんだ。そこで出世したら、いつか異世界の理想郷ニホンにも行けるかもしれない」

「シンイチ陛下に認められるためにも、まずは冒険者になって実力を磨かないと。頑張ろうぜ」

隣の席の若い冒険者グループがそんなことを言い合っている。一般庶民のレベルでもシンイチが尊敬されているのを知り、光司の顔が渋くなっていった。

「なんでぇ。菅井真一なんてちょっと道具袋を使えて、現代日本の知識を持っているだけじゃねぇか。なにが勇者だ。本物の勇者である俺様のことなんて誰も話しちゃいねぇし」

「焦っちゃだめよ。シンイチにはいまの内だけいい気にさせておきなさい。いずれ、あいつの国ごと全部奪ってやればいいわ」

光司をなだめながら愛は妖しく微笑むのだった。

食後、二人はこの街一番の防具をそろえていると評判の店に向かった。

『笑いの面』。モンスターに笑われます。人間にも笑われます。その隙に攻撃できます。五〇〇アルのご奉仕品ですよ」

店員がひょっとこ面のようなマスクを手に説明する。

「あははは。これいいんじゃない？」

「……いらねえ……」

愛の笑いながらの提案を憮然《ぶぜん》とした顔で光司が拒否する。

「ならばこちらはいかがですか？『敏感《びんかん》の細ふんどし』。男の急所を完璧に守れるだけでなく、これを着けて寝るとむふふな夢が見られるといわれています。一〇〇〇アルですが、こちらもご奉仕品ですよ」

「ふむ……買った！」

銀色の糸で織り込まれているふんどしがキラキラと輝く。

「ちょっと光司!! 何に使うつもりよ。やめなさい！」

あわてて愛が止めると、光司は残念そうな顔をしてふんどしを手放した。

結局しっくりとする物が見つからず、他の店を回ってみることになった。

「……しかしよぅ。高級な装備を取り扱っているって聞いたからわざわざ足を運んだのに、大したことのない装備ばかりだな」

「本当よね。これならダンジョンで手に入れた装備品のほうがいいわ」

小さな露店から高級店までいろいろ見て回ってみたが、どうもいい物がなかった。表通りの店を回ったあと、二人は怪しげな雰囲気を漂わせる裏通りの武器屋に足を運んでみた。

さっそく武器屋の主人が、刀を持ってきて見せつけてくる。

「お客さん。お目が高いね～。その剣は理想国ニホンから仕入れた逸品アルよ。どんなモンスターだってイチコロね。一万アルよ」

「……確かに日本刀だが、単に斬れるってだけじゃ意味ねえよ。日本円に換算すれば一億円もするしな」

「オキャクさん。ニホントウを知っているとは、通ダネ。もっと強い武器いるか？」

「どうせろくな武器がねえんだろ？　これならダンジョンで探したほうがマシだぜ」

光司がそう言って店を出ようとすると、あわてて店主が止める。

「まあマチな。アンタいまどこまで進んでいるね？」

「地下四九階のボスのペーストスライムを倒したところよ」

同じように去ろうとしていた愛が振り返って答える。

「うむ……あのボス倒したね。ここ三十年そいつのせいで先に進めなくて、みんな困ってたね。アンタのギルドカード見せて」

言われた通りに、光司はギルドカードを見せる。そこに記されている買い取り記録には『ペーストスライムの核』とあった。

「うむむ……Fランクなのに本当に地下四九階のボスを倒すとは……お客さん結構スゴイネ」

「だろ～。俺は伝説の勇者トモノリなんだぜ！」

褒められて機嫌が良くなる光司。そんな彼を見て、店主は何か決心したらしい。

「うん。お客さんならいいか。ここだけの話、ギルドの秘宝庫から横流ししてもらったいい物あるよ。見ていかないイカ？」

「秘宝庫って？」

店主が急に声をひそめたので、愛は興味を持って身を乗り出す。

「じつはね……国宝や準国宝クラスの宝物が見つかったら、市場に出さずにギルドが溜め込んでいるんだヨ。だから街回っても中級レベルの武器防具しか売ってないね。しかも高いヨ」

「そうだったのか……」

光司は武器道具店にろくな物が流通していなかった理由を知り、納得する。

ギルドは装備品の売買を支配しており、強力な品が市場に出ないように意図的にコントロールしていたのである。魔力を持たない日本刀程度の武器が一万アルもするのだから、この街の武器防具屋とギルドは大儲けをしているに違いない。

「それらの伝説の武器、Aランク以上の冒険者じゃないと、見せてもくれないらしいヨ。そうしておいて、たまーに功績を上げた冒険者への褒美にしているんだっテ」

「それは面白いことを聞いたな。どんなのがあるんだ？」

光司は興味を引かれた様子で尋ねる。

「アナタたち、いいお客さんになりそうだから特別よ。見せてアゲルネ。久々に来た将来有望な冒険者だからね～」

そう言って店主は店の床に魔力を這《は》わせると、隠し階段を出現させた。さっそく武器屋の店主とともに光司たちは地下に下りていくが、薄暗い地下階段を進めどもなかなかたどり着かない。

「どこまで行くんだ？」

「あともうちょっとヨ」

光司の問いに振り返りもしないで主人が言う。

「だけど、なんでこんなに壊れた物が放置してあるの？　こんなゴミ、捨てればいいのに」

錆《さ》びた剣を避けながら愛が聞く。通路には壊れた鎧や剣が転がっていて、その近くには空の宝箱が大量に置いてあった。

「ふふ。この倉庫はじつは『極魔の洞窟』の一部ナノよ。秘宝の力の影響下にあるネ。だから、ここに壊れた物を捨てておけば、秘宝の力で近くの宝箱の中に転移されるのよ」

「つまり、宝箱の中には壊れた物が入っているってわけか」

光司の質問に主人は首を横に振る。

「伝説の秘宝の偉大さわかってないネ。どんなに壊れた物でも完全な状態に修復して引き寄せ、新品の状態で宝箱に入れられるのよ。おかげでホラ、この通り」

店主が宝箱を開けると、キラキラと輝く見事な細工がついた新品の細い剣が入っていた。

「この『銀糸《ぎんし》の細剣《さいけん》』は壊れやすいから、買った冒険者がすぐ壊して売りに来るんだけど、しばらくこの通路に放置しておけば近くの宝箱に転移されてまた新品になるネ」

ニヤニヤと笑いながら剣を宝箱に戻す。

「なるほどね。その秘宝さえあれば、どんな武器も新品同様で手元に取り寄せることができるわけか……そのお宝、ますます欲しくなったわ」

愛の言葉に主人は苦笑する。

「秘宝を持っていかれるのは勘弁ね。ワタシたち商売あがったりヨ。まあ、四百年も誰にも見つけられていない秘宝が、そんなに簡単に手に入るワケないけどネ」

そう言って一つの宝箱の前で立ち止まる。

「さあ、ヨク見てね。伝説の勇者トモノリが使っていた逸品ヨ」

宝箱を開けると、まばゆい光があふれ出した。光司が口を開く。

「こ、これは……この剣は……」

「おや、知ってるのカイ？」

「当然だ。懐かしいぜ相棒」

光司は食い入るように剣を見つめる。

黄金色に美しく輝くその剣は、アーシャが使っていた『皇金《こうきん》の剣』であり、伝説の勇者トモノリの使っていた剣でもあった。

「噂では堕ちた英雄アーシャ・カストールと現勇者シンイチとの戦いのときに折れたらしいね。ゴミとして捨てられたのを、秘宝が引き寄せて修復したってワケ。裏で手に入れるの大変ダッタよ」

武器屋の店主は自慢気に笑う。

「……折れただって？　んな馬鹿な。こいつはこうやって光の魔力を伝わらせれば、絶対に折れるわけないんだ」

『皇金の剣』を光司が持つと、いままでとは比べ物にならないほどの光があふれ、すさまじい魔力が発せられた。じつはアーシャはこの剣の力を十分の一も発揮できていなかった。

『皇金の剣』は正当な持ち主の元に帰ったことを喜ぶように光り輝く。

「アイやー。これはすごいね。お兄さん、完全に使いこなしているよ」

武器屋は目を丸くして、光司を見つめていた。

「当然だよ！　こいつを折ったアーシャとかいう馬鹿はどこにいる!!　相棒を粗末に扱いやがって。シンイチの前にそいつをぶち殺してやる」

アーシャを罵倒する光司に店主は複雑な表情を見せる。

「残念だけど、現勇者シンイチに敗れて死んだね」

「……そうか。まあいい。世話になったな。礼を言うぜ」

光司は剣を持ったまま帰ろうとする。

「お兄さん。お代!!　一〇〇万アル払ってよ！」

「ツケといてくれ。世界を征服してから払いに来る」

光司は店主を無視してスタスタと元の通路を戻っていくが、いきなり手に持った剣が消えてしまった。それに呆然として驚きの声を漏らす。

「んな？」

「お客さん、持ち逃げダメネ。その剣のいまの所有者はこのワタシ。この『極魔の洞窟』の中にいる限り、ほかの者からの金品の強奪は許されないのヨ。ほら、この通り」

主人が近くの宝箱を開けると、『皇金の剣』が収まっていた。剣から発せられている光は弱まり、心なしか悲しそうに見える。

「くっ。くれてもいいじゃねえか。その剣の本来の持ち主は俺だぞ。じゃあせめて貸してくれ。金は絶対に払いに来るから！」

光司は未練たっぷりに剣を見つめるが、もちろん主人は断る。

「一〇〇万アルもする伝説の武器を貸す馬鹿いないね。そんなことしたら、ワタシ商売できないよ。ワタシにお金払って買い取ると所有権が移るよ」

「……光司、あきらめましょう。彼の言う通りお金を出して買うしかないわよ」

「でもよう……俺の剣……」

「ダンジョンの深いところに潜れば、高く売れるアイテムもあるわよ。それでお金を貯めましょう。

いい目的ができたと思えばいいじゃない」

苦笑して光司を慰める愛。結局、二人は虚《むな》しく手ぶらで武器屋を出た。

「くっ。せっかく相棒に再会できたのに……一〇〇万アルかよ……」

何回も後ろを振り向きながら光司がつぶやく。日本円にして一〇〇億円にもなる値《ね》を付けられて、光司は歯噛みするほかなかった。

「そんなにあの剣が大事なの？」

「当然だ！　長い間命を預けた相棒だぜ！　それだけじゃなくて、あいつと俺は魂でシンクロするものがあったんだ。いわば俺の分身も同然！　……それが、あんなオヤジの元に」

プリプリと怒る光司を見て、愛は笑う。

「まあまあ。一〇〇万アルなんて大金、すぐ用意できる冒険者なんてそうはいないわ。ゆっくり稼いで迎えにいきましょう」

「……それもそうだな。見つけられただけでも良かったたか。それにダンジョンで、『皇金の鎧』も見つかるかもな。よっしゃ、燃えてきた！」

光司も気を取り直す。さらに愛が告げる。

「私は店主の言っていたギルドの秘宝庫というのが気になるわ。私の使っていた『女神の杖』もあるかも。ギルドに頼んで見せてもらいましょう」

そうして二人はギルドの本店に入っていった。

ヒノモト城の夜

「お兄ちゃん。来たよ～」

薄い布地のパジャマを着た晴美がシンイチの部屋に入ってくる。

「……はあ……」

寝る準備万端の晴美を見て、シンイチは深いため息を吐いた。

今日は晴美と一緒に寝る日である。いつの間にか、なし崩しにそう決められてしまった。

「えへへ、今日は久しぶりにお兄ちゃんと寝れて嬉しい♪」

ベッドに入り込んでいる晴美の格好は、ちょっと白い下着が透けていてセクシーである。最近はかわいさに加えて色気も出てきたので、シンイチは目のやり場に困っていた。

「そ、そうか。お互い忙しくて、ゆっくり話もできなかったからなぁ」

抵抗しても無駄なので、シンイチはなるべく体を見ないようにしてベッドに入る。

「えへへ……それじゃ、お体でお話ししよう」

「だーっ、やめなさい」

シンイチが入るとすぐに、晴美が覆いかぶさってきた。

「もう我慢できないの……お兄ちゃん。既成事実を作って結婚しよう！　私を王妃に！」

鼻息荒く迫ってくる晴美。美少女が台なしである。

「やめなさい。兄妹はいくら愛し合っていてもそんなことしないの。そして結婚もしないの」

「ちぇっ」

ちょっと膨れながらも、晴美は素直にシンイチの上からどいた。こうしたこともいつもの光景で、しばらく楽しくおしゃべりをしたあと、晴美は眠りに落ちた。

シンイチはその寝顔を見つめて頭をなでながら、以前の両親の言葉を思い出していた。

「父さんと母さんが再婚同士だったということは……それってまさか晴美と俺は？　いや、たとえそうでも、いままで一緒に育ってきたんだから、兄妹であることに変わりないな」

晴美の頭をなでながら、シンイチは独り言をつぶやく。安心しきったように眠る晴美の顔を見ていると、純粋な愛情が湧き上がってきた。

「そうだよ。晴美に好きな人ができるまで、兄として見守ってやろう」

最後に軽く晴美の頭を一なでして、晴美の隣で横になった。

甘酸っぱい匂いがする愛しい妹の体温を感じながら、シンイチは瞬く間に眠りに落ちていった。

シンイチが寝静まったことを確認して、寝たふりをしていた晴美が起き上がる。

「うふふ。残念だけど、そろそろ妹は卒業したいの。お父さんお母さんにも協力してもらって、あの秘密を暴露しよう」

二人の間の障害をぶち壊す、重要な切り札を切ることを決意する晴美。

「ふっふっふ。明日は証拠書類を用意して……」

邪悪な笑みを浮かべる晴美の横で、シンイチは人生最大の危機が迫っていることも知らず、すやすやと気持ち良さそうに寝ていた。

次の日の午前中

執務室で仕事をしていたシンイチのところに晴美が来る。思ってもみなかった妹の来訪にシンイチは首をかしげた。

「あれ？　今日は学校だったんじゃ？」

まだ午前中である。いつものように高校の制服を着て日本に向かったのを見ていたので、こんなに早く帰ってくるとは思わなかった。

「ふふふ、今日は学校を休んで、これを取りに行ってたんだよ」

シンイチの前に白い書類が広げられる。

「これはなんだい？」

「戸籍謄本。あのね。いまから大事なお話があるの。お父さんとお母さんもこれから説明してくれるって……え？」

晴美は目を瞬《しばた》かせる。

シンイチが一瞬で執務室から逃げ出していたからである。

「……ど、どうしよう？　お兄ちゃん逃げちゃった！」

「ふふふ、捕まえるのを協力するよ。面白そう」

声をかけてきたのは、一部始終を見てテーブルの上でニヤニヤ笑っていたシルフである。彼女は悪企みでもするように晴美に笑いかけた。


ヒノモト城下町を超スピードで走る男がいる。晴美のもとから脱兎《だっと》のごとく逃げ出したシンイチである。

「シンイチ陛下、おはようございます！」

道行く人々は気さくに声をかけるが、シンイチには挨拶を返す余裕もない。

(やばいやばい！　何かとってもまずい気がする)

逃げても問題は解決しないのだが、とにかく先延ばしして逃げ回るしかない、というのがいまの彼の心境である。

後ろのほうから晴美の声が聞こえてくる。

「みんな！　協力して！　お兄ちゃんを捕まえた人のホッペにキスしてあげる！」

その声は拡声魔法によって増幅され、ヒノモト国中に響いた。

「うぉぉぉぉ！」

「ハルミ姫のご命令だ！　勇者シンイチを捕まえろ！」

応じた晴美のファンたちが、シンイチを追いかける。

街中を巻き込んだ追いかけっこが開始された。

「いたぞ！　こっちだ！」

「少々傷つけたって構わねぇ！　ハルミ姫のご命令だ！　やっちまえ！」

血走った男たちが走り回り、シンイチを追い詰める。

シンイチは男たちから必死に逃げ回っている。いくらシンイチが速く走れるからといっても、限界はある。特にスタミナは一般人と大差ない。

見つかっては逃げ、囲まれては走るということを繰り返していれば、自《おの》ずと体力が減ってくる。

体力が尽き走れなくなったシンイチに残された方法は、隠れてやり過ごすことしかない。

「どこへ行った！」

ついに裏路地に追い詰められたシンイチは、通路の奥にあったゴミ箱に隠れた。

「いないぞ。隠れたのか？」

男たちがシンイチが隠れる通路の周辺を探し出した。

（ここにはいないよ！　あっちに行け）

心の中で祈るシンイチだったが、追いかける男たちは真剣だった。

「まあ、待て。ここはアレを使おう」

一人の男が懐から何かを取り出す。

「これは『不運の藁人形《わらにんぎょう》』という呪いのアイテムだ。呪いたい相手を念じて釘を刺すと、どんなに強い相手だってちょっと不幸にできるんだ。鳥のフンが当たったり、いきなりつまずいたり、変態に尻を見せられたりな。じつは俺は勇者シンイチにこの嫌がらせをし続けていたのだ」

「そうだ。それがあったな」

男たちがニヤニヤと笑う。

(最近、地味な不運に見舞われていたのは、これが原因だったのか!)

トイレのドアを開けたら、たまたま入っていたドンコイの尻を見てしまったという不幸な記憶を思い出しながら頭を押さえるシンイチ。

「よし！　俺たちの恨みを思い知れ！　ハルミ姫に手を出しやがって！」

男たちがすべての魔力を込めて、藁人形に釘を打った。

「あたっ！」

次の瞬間、シンイチの脳天を植木鉢が直撃した。

シンイチがゴミ箱から出て上を見上げると、植木鉢を落としたおばさんと目が合う。

「陛下？　こんなところで何を？」

「い、いや、何でもありません。さいなら！」

シンイチに気づいた男たちが迫ってきたので、彼はあわてて逃げ出す。

「今日は運動会かねぇ」

おばさんは逃げていくシンイチと彼を追う男たちをあきれた様子で見送るのだった。


シンイチは街中を危険と判断し、ヒノモト城に帰ってきた。息を潜めて物置に隠れていると、外から声が聞こえてくる。

「うーん。シンイチの匂いがここからするから、間違いないよ」

「お兄ちゃんここにいるんだよね。昔やったかくれんぼみたい。もーいいかい？」

二つの気配があっさり部屋に入ってきたので、ガラクタの中でシンイチは身を固くした。入ってきたのは言うまでもない。シルフと晴美である。

「シルフちゃん協力してくれてありがとう」

「いいよ〜。晴美ちゃんの幸せのためだもの」

明るく笑い合う晴美とシルフ。そんな二人に追い詰められて、シンイチは絶体絶命だった。

（シルフめ！　晴美に協力して俺を追うなんて！）

二人がシンイチの隠れている場所にだんだん近づいてくる。シルフの鼻をごまかす方法などないと判断したシンイチは、意を決して物置の窓から外に逃げ出す。しかし、やっぱり見つかってしまった。

「お兄ちゃん！　見つけた。待て～」

「な、なんで俺のスピードに付いてこられるんだよ……って、反則だ！」

シンイチは修業の結果、人間をはるかに超えるスピードと反射神経を手に入れている。普通の人間の晴美に追いつけるはずはないのだが、晴美は確実に距離を詰めていた。

晴美はシルフの力で空を飛んでシンイチを追いかけてきたのである。

「シルフの裏切り者‼」

シンイチは絶叫するが、シルフは笑っている。

いくらシンイチが速く走れるとしても、シルフと一緒に空を飛んでくる晴美から逃げられるわけがない。結局、城の中庭であっさりと捕まってしまった。

「ふふ。もう観念してね。一緒にお父さんとお母さんのところに行こう」

シンイチに馬乗りになった晴美が満面の笑みを浮かべて言い寄る。

「……わかったよ。一緒に行くよ」

ついにシンイチは観念するのであった。

「お父さんとお母さん、再婚だったんだね。これを見たら、お父さんの実の息子がお兄ちゃんで、お母さんの実の娘が私だったんだね」

晴美がじつにあっけらかんと言う。その手に持たれた戸籍謄本には、確かにそう書かれていた。

「ああ、そうだよ。別に隠そうと思っていたわけじゃないんだがな」

「晴美ちゃん、なんだか嬉しそうね」

ニコニコしながら、晴美の言った事実を認める両親。

「えへへ。じつは前から知ってたの。でも、別にショックじゃなかったよ。お父さんもお母さんも、私のことを愛してくれているもん」

晴美はこれ以上ないくらい上機嫌だったが、シンイチは憮然《ぶぜん》としていた。

「ねえ！　俺はショックを受けているんだけど……まあ、確かに前からおかしいとは思ってたけど……」

母である紀子は評判の美人で、晴美はアイドルをしていたほどの美少女。それに対して父である雅彦はさえない中年男で、自分は平凡な少年。

母と娘、父と息子はよく似ていたが、その逆に母と息子、父と娘はあまりにも似ていなかった。血がつながっていないと聞けば納得である。

「それにしても、なんでいままで黙っていたんだよ」

シンイチは両親に食ってかかる。

「いや、二人とも赤ちゃんのころから育てているわけだし、私たちにとってはどちらも実の子供同然だったから、特に話す意味もないと思ってたんだよ。でも、晴美にとっては、大きな意味があるのかもな」

雅彦は晴美を見つめてニヤニヤしている。

「シンイチ君と晴美ちゃんは兄妹だけど、血のつながりはないのよ。良かったわね晴美ちゃん。大好きなお兄ちゃんとの間にもう障害はないわよ。そういえば、若いころに流行ったアニメでそんな話のものがあったわね。あれって最後はどうなったのかしら……」

「義理の兄妹同士結婚したんだったなぁ。結構感動した」

「うふふ、ソレ読んだよ。面白かった～」

シンイチそっちのけで、母、父、晴美の三人はアニメの話で盛り上がっている。

「最悪だ……」

そのそばで、シンイチは一人落ち込んでいた。

「こほん。それじゃあせっかくの機会なので、シンイチの実の母親のことと、晴美の実の父親のことを話しておこうか。懐かしいな……じつは、私たち四人は故郷の村で一緒に育った幼馴染《おさななじみ》だったんだ」

「元々、シンイチ君のお母さんと私は親友で、お父さんと晴美ちゃんのお父さんは従兄弟《いとこ》だったの。私たちはいつも一緒に遊んでいたわ」

昔を懐かしむような目をしている紀子。

「お前たちを爺さんに預けて、皆でスキー旅行に行ったときに交通事故に遭い、私の先妻の清子《きよこ》と、紀子の先夫の雅也《まさや》は死んでしまった。それから私と紀子はお互いに励まし合い、身を寄せ合って生きるようになり、再婚したというわけだ。お終《しま》い」

雅彦が実にあっさりと話す。

「そうなんだ……でもいままで通りお父さんもお母さんも、私の本当の家族だよね！」

晴美が満面の笑みを浮かべて言う。

「ああ、そうだぞ」

「何があっても私たちは家族だからね」

晴美の言葉を聞いて、両親たちは彼女を抱きしめるのだった。

「え、えっとね。それでね。お父さんたちに認めてもらいたいことがあるんだけど……」

晴美は顔を赤らめ、もじもじしながら言い淀《よど》む。

「ああ、わかっているぞ。シンイチ、というわけで責任取って晴美を一生面倒見なさい」

晴美が口にする前に、雅彦が平然と晴美との結婚を勧める。

「ちょっと待ったぁ！　なんの責任なんだよ！」

シンイチは汗びっしょりになって叫んだ。

「嫁入り前の娘と同衾《どうきん》した責任だ。男ならどんと構えて責任を取らないとな」

「シンイチ君との結婚式の準備をしなきゃね～。最近の晴美ちゃんを見ていて、いつかそうなるといいなと思っていたのよ」

楽しそうに笑う両親。

「待って！　いろいろおかしいから！　俺たち兄妹！」

シンイチは必死に抵抗するが、両親は相手にしなかった。

「ふふふ。家族の中の役割はいつかは変わっていくものだ。シンイチも大人になって、晴美を妹から妻にしてあげなさい」

「義理の兄妹って、考えたら一番結婚に問題がないのよね～。変な係累ができることもないし、嫁姑問題も起きないし、晴美ちゃんが遠くに行くこともないし、元々家族だし」

「問題大ありだよ！　えっと、ほら、世間体が！」

「ここは異世界で、しかもお前はこの国の王だ。日本の世間体に何の意味があるんだ？」

雅彦の言葉に絶句するシンイチ。

「というわけで、不束者《ふつつかもの》ですがお願いします。あ・な・た☆」

そう言って、晴美は三つ指を突いて礼をする。

完璧に外堀を埋められたシンイチは、いつまでも呆然と立ち尽くすのだった。

ヒノモト城

シンイチは風邪を引いて寝込んでいた。

家族の秘密をあっさりと伝えられただけでなく、強引に晴美を婚約者にさせられてしまったのである。真面目なシンイチは悩みのあまり、体調を崩してしまったのだ。

「うーん。三十七度か。まだ熱があるねぇ。『ヒール』」

心配したメアリーが、ベッドのそばで看病して治癒魔法をかけてくれる。が、容態は芳《かんば》しくない。

「……あんまりヒールとかかけられても、風邪には効かないみたいだな。ゴホッ」

咳き込むシンイチの背中を、あわててメアリーはさする。

「シンイチ、死んじゃ駄目だよ。ボク、結婚式を挙げる前に未亡人になりたくないよ」

メアリーの言葉でまた熱が上がり、目がうつろになる。

「結婚か……ははは、人生の墓場……妹まで……俺ってやつは……」

この状況から逃げ出したくなるが、どこにも逃げ道はない。

「シンイチ、本当に大丈夫？」

「だ、大丈夫だよ。ゆっくり休めば回復するから。だから休ませて……」

「わかった。ボクは大将軍の仕事があるから行かないと。早く元気になってね、チュッ」

メアリーはすばやくシンイチにキスをすると、頬を染めて部屋を出て行った。

「……」

口元を押さえて真っ赤になったシンイチの体温は、三十八度に上昇していた。


「シンイチ様。お薬を持ってきました」

メアリーが出て行ってしばらくしてから、ウンディーネが部屋に入ってくる。

「ありがとう。って、これエリクサーじゃないか！」

持ってきたお盆の上には、黄金色に輝く小瓶が載っていた。

「はい。シンイチ様のために、心を込めて作ってきました」

にっこりと笑うウンディーネ。だが、その頬は少しやつれていた。

「エリクサーを作るのに、一年も寿命が縮まるんだろ？　そんな簡単に作っちゃだめだって」

「シンイチ様のためならば……この命すべてを捧げても構いません。夫を支えるのが妻の役割です。もしシンイチ様が死んだなら、私は生きている意味がないのです」

そう言って潤んだ目を向けてくる。

ウンディーネの愛情はありがたいが、いささか重過ぎるような気がしてシンイチは背筋が寒くなった。

「こほっ。ありがたいけど、風邪ぐらいでエリクサーは使えないよ。ゆっくり休めば大丈夫さ」

「そうですか……では、添い寝して看病させていただきますね」

ウンディーネはベッドに入り、シンイチの顔を胸に当てて抱きしめる。

「ちょ、ちょっと。ウンディーネ」

柔らかい体と温かい体温を感じて、シンイチの声が裏返った。

「ふふ、そんなに照れなくても……かわいらしいですね。惜しいですわ。病気じゃなかったなら、いまここで世継ぎを作らせていただきますのに」

妖艶に笑うウンディーネに、シンイチの頭はますます混乱していく。

「う、うれしいけど、いまは」

シンイチの体温は三十八度五分まで上っていった。

「いつまでもこうしていたいのですが、仕事を途中で抜け出してきましたので、戻らなければなりません。名残惜《なごりお》しいですわ……またあとで来ますね」

シンイチを優しく抱きしめて、キスをする。

ウンディーネは宰相の仕事をするために執務室に戻っていった。

「うう……幸せなような……怖いような……」

二人のキスで真っ赤になったシンイチがうなっていると、ドアが開いて三人目が部屋に入ってきた。

一目見るなりシンイチは噴き出す。

「お前は俺を殺す気か！」

「そんな！　お兄ちゃんに元気になってもらいたくて、がんばって選んだのに！」

ちょっと膨れている晴美は、シースルーのナースのコスプレをしていた。

「お兄ちゃん、元気……じゃないね」

シンイチの一部の反応を確かめて、しょんぼりとする。

「当たり前だろ……」

熱で朦朧《もうろう》としているシンイチは、風邪で息が荒く、苦しそうに咳をしていた。

「お兄ちゃん汗だくだよ。私が体を拭いてあげる」

「そっか……すまないねぇ……」

シンイチは素直に服を脱ぐ。何日も風呂に入っていなかったので、気持ち悪かったのである。

晴美は優しくシンイチの体を拭いて、服を着替えさせる。

「ありがとう晴美。楽になったよ」

「どういたしまして。ふふ、早く元気になってね」

晴美はシンイチに軽くキスをすると、脱いだ服をいきなり抱きしめた。

「はあはあ、お兄ちゃんの匂い。興奮する……これを借りて……じゃなくて洗濯してくるね」

幸せそうにシンイチの服に顔をうずめながら、晴美は部屋を出て行く。

「ま、待て。洗濯するんだよな。借りるってなんだよ！　なんに使うんだよ！」

ぐったりとして言うシンイチ。体温は三十九度まで上昇していた。


しばらくして、四人目が入ってくる。

「お兄ちゃん。お粥《かゆ》持ってきたよ」

にこにこと笑いながら入ってきたのは、メイド服姿のアンリだった。

お盆には皿に盛られたお粥と冷たい水が入ったコップが載っている。

「はい。あーん」

無邪気な笑みを浮かべながらお粥をすくって、シンイチの口に近づける。

「……小さい子にそれをやられるって、なんか妙に恥ずかしいな」

そう言いながらも起き出して、スプーンをくわえる。

「たくさん食べて、早く元気になってね。お兄ちゃんが元気になってくれないと、私まで元気がなくなっちゃうよ」

しょぼんとした様子でシンイチを見る。犬耳と尻尾が悲しそうに垂れていた。

あまりのかわいらしさに、シンイチはアンリを抱きしめる。

「ああ。すぐに元気になるよ。そうしたら一緒に遊びに行こう」

「本当？　わーい」

信頼しきった目で見上げてくるアンリにシンイチは癒された。食べ終わってから薬を飲み、横になると、シンイチの体温は三十七度まで下がり、呼吸も楽になっていた。

「少し眠くなったな」

「お兄ちゃんおやすみなさい。私がそばにいてあげるからね」

シンイチは苦笑してアンリの頭をなでると横になった。疲れからかすぐに眠りに落ちてしまったようだ。アンリはいつまでもシンイチの手を握っていた。

冒険者ギルド本店

ギルド本店の最上階の応接室では、ギルドマスターである年を取った魔族と、太った人間の商人が難しい顔をして話し合っていた。

「それでは……当ギルドの預金を五〇万アルも引き上げるということですかな。ゼニアル男爵」

ギルドマスターが険しい顔をして、ゼニアル男爵と呼ばれた商人をにらみつける。五〇万アルは日本円にして五〇億円にもなる。そんな金額をいきなり引き出されたら、ギルドとして困るのは当たり前である。

しかし、ゼニアルは恐れるような様子も見せず言い放つ。

「そうだ。ゼニアル商会としても、これからはヒノモト国立銀行と付き合う必要が出てきたのだ。いまやヒノモト国は経済面で世界を支配しているといっても過言ではない。いつまでも無視してはいられないのだ。いままで長年付き合いのあったギルドには悪いと思うが、これも時代の流れだ」

ギルドマスターが声を震わせて嘆願する。

「……な、なんとか考え直していただけませんでしょうか」

ゼニアルは少し遠くを見つめるようにしながら、ゆっくりと口を開いた。

「私は以前は冒険者だった。冒険者となって二十年。徒手空拳からAランクまでは上ったものだ」

「ええ、あなたは若いころは有名な冒険者でした、皆あなたに憧れていました」

ギルドマスターが相槌を打つ。商人がさらに続ける。

「だが、冒険者は長く続けられる商売ではない。体の衰えを感じた私は引退し、商会を作って魔国と人間国との貿易に関わってきた。ふふふ……よく魔物がいる中を馬車で走ったものだ」

若いころを思い出して、商人ゼニアルは一瞬懐かしそうな表情を見せる。

「……だが、勇者シンイチ様によって、時代は変わったのだ、お前もわかっていよう」

「……」

ギルドマスターは苦々しい顔をして無言になった。

ゼニアルが再び口を開く。

「勇者様が造った『高架道路』により、危険を冒して馬車で街道を通って物を運ばなくとも、料金さえ払えば自動車で安全に大量に運べるようになった。さらに、安全な高架道路を通るので、魔物に備えて護衛の冒険者を雇う必要もない。しかも、『保険』というものに加入すれば、万一の事故さえ補償してもらえる。商人にとってこれほど都合のいいことはあるまい」

「……確かに……」

ギルドマスターもそのことは実感していた。最近では冒険者ギルドに護衛の依頼がまったくといっていいほど入ってこない。

「これからの時代、仕事を得るために、冒険者のランクは重要視されなくなるだろう。その代わりに、取引量やどれだけ国に貢献しているかが必要とされる。もはや武力など無意味なのだ」

「元Aランクのあなたが、自らの力を否定するのですか？」

ゼニアルは怯むことなく答える。

「そうだ。元Aランク冒険者などという肩書きは、いまではまったく価値がない。だから私も高い金を出してフリージア皇国の男爵位を買ったり、ヒノモト国に店を出して人を雇ったりしたんだ」

ゼニアルは、新しい時代に適応しようとし、一〇万アルも出して男爵位を買っていた。貴族としての特権を求めたわけではなく、国からの信用を欲したためであった。

「……つまり、ゼニアル殿は、これから冒険者ギルドは不要になるとおっしゃりたいのか？」

ギルドマスターは渋い顔でゼニアルをにらみつけた。

以前は魔将《ましょう》をしていたこともある彼の迫力は相当なものだったが、ゼニアルも修羅場をくぐった大商人である。強い意志の力でにらみ返した。

「ギルドの行く末は知らぬ。だが、我が商会はヒノモト国とともに生きていく。話は終わりだ。五〇万アルの小切手を切ってもらおう」

「……わかりました」

ついにギルドマスターのほうが根負けをして、しぶしぶ小切手を切る。

「長年の友として言わせてもらう。冒険者ギルドも早めにヒノモト国と話し合い、何らかの合意を得たほうが良いぞ。将来冒険者という職業そのものが、必要とされぬようになるかもしれぬからな」

小切手を受け取ったゼニアルはそう忠告する。彼の目にはギルドマスターに対しての同情が浮かんでいた。

「ご忠告痛み入ります」

ゼニアルは一つ頷くと、部屋を出て行った。

「ふう……どうすればいいのだ。勇者と敵対するか、融和するか……」

一人残された執務室で、ギルドマスターはソファに腰掛けて考え込む。

今回のようなことは初めてではない。多くの金持ちが冒険者ギルドから預金を引き出し、ヒノモト国立銀行に預け替えていた。

このままでは、力という信用を背景に世界で唯一の金融機関として権力を持っていた冒険者ギルドも、あっという間に衰退していくだろう。

苦悩するギルドマスターの耳に、階下の騒ぎが聞こえてきた。


ギルド本店での受付では、受付嬢の猫族の少女キルニーが困惑していた。最近売り出し中の『勇者』を自称する二人組から、無理な要求を突きつけられていたのである。

「えっ？　ギルドの秘宝庫を見せて欲しい……ですか？」

「ええ。私たちもいつかは国宝クラスの装備品を身に着けられるような冒険者になりたいと思っているの。だから、秘宝を見て奮起したいのよ」

女性のほうの冒険者がにこやかに笑う。しかし、キルニーはその要求をつっぱねる。

「残念ですが、Aランク以上の冒険者でないと見ることは許可されていません。秘宝庫に入ること自体が高い冒険者ランクの特権となっていますから。あなたたちはFランク。数年かかるかもしれませんが、ランクを上げてから再び申し込んでください」

しかしながら、もう一人の短気そうな男は引き下がらない。

「そんなのいいじゃねえか。つべこべ言わずに見せろよ!!　ぶち殺すぞ！」

ついに大声を出して脅迫する。

「そうおっしゃられましても……」

「俺は本気だからな。女だからって関係ねぇ。いいからさっさと伝説の武器をよこせ！」

ついにキルニーの胸倉をつかんで怒鳴り上げる。

「キャアァア！　な、何をするんですか!!　警備の人、来てください！　暴漢です!!」

受付嬢の叫び声を聞いて、奥から筋骨たくましい警備兵が出てくる。警備兵の中には人間族も魔族もそろっており、全員がすさまじい魔力を全身から発していた。

あっという間に二人は兵士に取り囲まれてしまった。

「光司。まずいわよ。謝りましょう」

愛は完全武装の兵士たちを見て顔が青ざめていた。彼らは全員Aランク以上の冒険者であり、街のチンピラとは格が違うことは一目瞭然であった。

「ふふふ。もう遅いですよ。彼らはAランク冒険者レベルの強さですからね。ここではどんな冒険者だって彼らがいるからおとなしくしているのです」

キルニーは光司に胸倉をつかまれながらも、誇らしげにドヤ顔をする。

「……ちょうどいい。むしゃくしゃしてたんだ。相手になってもらうか!!」

そう叫んでキルニーを放り投げると、光司は警備兵たちに飛びかかっていった。

「くっ！　抵抗するか！　グヘッ」

一人の警備兵が鳩尾《みぞおち》を殴られて崩れ落ちる。

一瞬で素手の相手に仲間が倒されたのを見て、警備兵の間に緊張が走った。すぐさま警備兵たちは剣を抜くと、一斉に全方位から斬りかかる。

「キャッ！」

光司が八つ裂きにされることを想像し、キルニーは思わず目をつぶった。そうして恐る恐る目を開けると、そこには折れた剣を持った警備兵たちが呆然としていた。

「ば……ばかな！　ミスリル製の剣が……なんで斬れない……」

剣は確かに光司の体に当たっていた。しかし、岩の壁に叩きつけたように、剣のほうが折れてしまっていた。

いま警備兵の目に映っているのは、キラキラと輝いて電流を走らせる光司の肉体である。

「残念だったな。伝説の勇者様にそんなナマクラは通じねぇ。これこそが『光雷天闘術《こうらいてんとうじゅつ》』だ。体内から噴き上がる光の魔力を身にまとい、すべての攻撃をガードできる。俺は無敵だ！」

豪快にそう笑いながら、光司は近くにいた警備兵の腕をつかむ。

「俺たちが何者であるか、じっくりと見せてやるぜ」

そうして光司は残酷に笑うのであった。

数分後……

「ぐぁぁ……そ、そんな馬鹿な……」

十数人の警備兵が地面に伏している。彼らの両手両足は砕け、歯まで折られていた。

「……光司、やりすぎよ。私たちの敵は冒険者ギルドじゃないの」

愛は厳しい顔をして叱責する。

「すまねえ。いい加減うんざりしていたんでな。でも、力を見せつけねえと、舐められてばかりだぜ。これで俺たちのことがよーくわかっただろう」

そう言って光司が部屋をギロリと見渡すと、冒険者たちは震え上がった。

「……まあいいわ。しかし、だいぶ戦いの力を取り戻しているわね。まさか素手でここまで強いとは思わなかったわ」

愛は感心を通り越して呆れていた。光司は神の力に覚醒してわずか二週間しか経っていないにもかかわらず、その力をほとんど取り戻しているようであった。

「当然さ。こんなやつら、俺にとってムシケラだぜ」

ニヤリと笑った光司はいきなり上半身裸になって、ガッツポーズを取った。その体は筋肉ムキムキでつやつやと光っていた。

それを見たキルニーは、猫耳と尻尾を嫌悪感でピンと逆立てた。

「ひ、ひぃぃぃ。変態筋肉男！　きもちわるい！」

「おい！　お前！」

「私、ダメ！　襲われる〜いやぁぁぁぁぁぁ」

必死に逃げようとするキルニーを光司が捕まえようとしたとき、上の階から何者かが下りてきた。

「騒がしいのぅ。これキルニー、静かにせんか‼　まったく最近の若い者はなっとらん！」

「ギルドマスターー！　助けてください〜」

キルニーは一気に階段を駆け上り、下りてきた老人の後ろに隠れた。光司が眉間にしわを寄せつぶやく。

「ギルドマスターだって？」

「そ、そうです。私の祖父にして偉大なる指導者、マッチョジーおじいちゃん！　以前は魔将を務めていたほどのお方なんですよ。あんたなんかイチコロだよ！」

キルニーは祖父の後ろから顔を出して、光司に向けてアッカンベーする。

「いったい何があったのじゃ？」

床に倒れる護衛兵たちと部屋の隅で震える冒険者たちを見て、首をかしげるマッチョジー。そんな彼にキルニーが告げ口する。

「この人たちが暴れたんです！」

「やれやれ。まだこのワシがいるギルドで暴れる馬鹿なやつがいるとはのう。ちょうどムシャクシャしていたところじゃ。久しぶりに相手をしてやろうかの？」

そう言ってマッチョジジーが上着を脱ぐ。服の下から、老いてなお筋骨隆々の肉体が現れた。

若者マッチョと老人マッチョがにらみ合っている。ギルドの室温が五度ほど上がったように感じられた。

キルニーも愛も、その暑苦しい雰囲気に、自然と無言になる。

「なんだこの筋肉じいさん。いい年こいてやるってか？」

まず光司がメンチを切る。階段の上に逃げたキルニーが、ギルドマスターの強さを自慢気に叫ぶ。

「ふん。マッチョジジーおじい様は冒険者ランクとしては、SランクすらSSランク。おまけに伝説の勇者と戦い、撃退した強者《つわもの》なんですよ。謝るならいまのうちです」

「ほっほっほ。そう言うな。照れるワイ。では、さっそく見せてやろう。勇者すら退《しりぞ》けたこの技、『暗黒天闘術《あんこくてんとうじゅつ》』」

マッチョジジーの体が大きく膨らみ、筋肉が灰色になっていく。

「ちょっと待て。その技は？　え？　お前もしかして……」

膨れ上がるマッチョジジーの姿を見て、なぜか光司は困惑していた。

「問答無用！　では、いくゾイ」

まだ準備ができていない光司へと拳を打ち込むマッチョジー。灰色に染まった拳は、光司の腹に吸い込まれた。

「……ぬ？」

拳から伝わる感触に違和感を覚え、マッチョジーは顔をしかめる。

鳩尾《みぞおち》を突いたのに、まるでゴムのタイヤを殴ったような不思議な感触だったのである。しかし、マッチョジーは相変わらずな笑みを浮かべた。

「ふふふ……防いだようだな。だが、ワシの『暗黒天闘術』は破れぬ。なぜならば……」

「触れたところから魔力と生気を吸収するからだろ？」

言おうと思っていたことを光司に言われ、マッチョジーは愕然《がくぜん》とする。

あわてて光司の腹を見ると、彼がまとっていた光がいつの間にか消え、その部分が真っ黒に変色していた。

光司が、平然としたまま告げる。

「ふん。こんなものなのか？　よくこれでギルドの頭《かしら》を張っていられるな」

「ば、馬鹿な！　闇をまとうことで防いだだと！　さっきまで光の魔法を使っていたはずだ！　お前のような小僧がなぜ……？」

『暗黒天闘術』は触れているところから魔力を吸い取ることができる技なのだが、より強い闇の力によってそれが完全に防がれていた。

「どっちが小僧だよ！　本物の『暗黒天闘術』というものを見せてやる」

その言葉とともに、光司の拳が黒く変色していく。彼の拳にとてつもない量の魔力が圧縮されているのを感じ、マッチョジーは四百年ぶりに背筋が凍る感覚を抱いた。

「そ、それは！　ワシと同じ『暗黒天闘術』！　ありえぬ！　ワシ以外に継承者など……」

「てめえは最初から継承者じゃねぇだろうが！　これは制裁の拳だ！」

光司の拳がマッチョジーの腹に突き刺さる。

「ぐはぁぁぁ」

まとっていた灰色のオーラはあっさりと突き破られる。そうして、マッチョジーは衝撃で十メートルも吹き飛ばされ、地面に倒れ込んだ。

「おじい様!!」

キルニーがあわてて駆け寄って、マッチョジーを助け起こす。彼は信じられないといった様子で光司を見つめ返していた。

「そ、そんな馬鹿な……我が『暗黒天闘術』を破るとは……お前は一体？　まさか、ワシ以外にも『暗黒天闘術』を学んだ者がいたのか？」

「何が『暗黒天闘術』だよ。せいぜい灰色がいいとこじゃねえか。俺が教えた技を中途半端なものにしやがって」

光司は呆然とするマッチョジーを鼻で笑った。

「教えた？　ワシの師匠はあの伝説の……」

「てめえ。年取ってボケたか。この俺をちゃんと見やがれ」

改めてその顔を見直すマッチョジジー。やがてその顔がみるみる青ざめていった。

「ま、まさか……あなた様は。ありえない。あの方は人間だった。四百年も経っているのに生きているはずがない」

「そのまさかさ。魔族の寿命が長いとはいえ、再会できるとは思ってなかったぜ。お前は弱ぇから、絶対死んでると思ってた。久しぶりだな、マー坊」

親指を立ててニヤリと笑う光司。白い歯がキラーンと輝いた。

「その呼び方は!!　我が師、トモノリ・ヤギュウ様！」

そう叫ぶやいなや、マッチョジジーは土下座して頭を床にこすり付けた。

「な、なんなの？　なんでギルドマスターであるおじい様が土下座なんて……」

キルニーは目の前で起こっていることが信じられなかった。この世界では国王に並んで、最高権力者の一人であるギルドマスターが土下座しているのである。

「あれ、このおじいさんがマー坊なの？」

愛が近寄ってきて、ひれ伏すマッチョジジーの顔を覗き込む。

「こ、これはマーリン姐様まで!!」

マッチョジジーの顔が真っ赤になる。

「……この反応は間違いなくマー坊ね。あんなにかわいかったのに、おじいさんになっちゃって……ちょっとショックかも」

そう言って愛は笑うのだった。

四百年前――ナムールの街

勇者トモノリによって征服された魔族たちの街は、人間の軍であふれかえっていた。

ナムールの街の広場で、甲冑《かっちゅう》をまとったフリージア皇国の皇国獅子騎士団長が威圧するように叫ぶ。

「この街は、我らフリージア皇国が支配することになった。無駄な抵抗はやめるがいい！」

勇者トモノリたちに領主ランファは殺され、魔王子アンブロジアは重傷を負って捕虜《ほりょ》の身とされた。そして降伏した魔族の兵士はほとんど殺された。

魔族や獣人族は怒りに震えていたが、勇者トモノリに逆らうことはできなかった。奴隷とされる暗黒時代を予感し、恐怖していた。

「この街はアンタらに任せる。あとは好きにしろ」

トモノリはあくびをしながら騎士団長に言う。

「はっ！　勇者様はごゆっくりお休みください」

背筋を伸ばして騎士団長は敬礼した。それを横目に見ながらトモノリが問う。

「ふん……そうそう、あの魔王子とかいう子犬はどうなっている？」

「『奴隷の首輪』を着けて、治療室に寝かしております。人質として役に立ちますので」

「そうか……ふふ、せいぜい身代金《みのしろきん》をふんだくってやれ」

そう言って高笑いすると、トモノリは領主の館に入っていく。

物陰からその話を聞いていた二つの影が、治療室に向かった。


治療室では、魔王子アンブロジアが何もできず呆然としていた。

（母上も殺された……『奴隷の首輪』を着けられて逃げ出せない。いっそ王族らしく誇りを守って死ねば良かった……）

恨めしそうに首輪を見つめる。死ぬことも考えたが、首輪には、自殺しようとすると意識を失わせる魔法がかかっていた。

そのときである。不意に天井から黒い霧が降りてきた。

「『影眠《シャドウスリープ》』」

黒い霧が治療室にいた人間の医者や患者にまとわりつき、その者たちの意識を刈り取った。アンブロジアが戸惑いながらつぶやく。

「こ、これは？」

「お迎えにあがりました。魔王子アンブロジア様」

いつの間にかアンブロジアの前には大小二つの影が跪《ひざまず》いていた。アンブロジアは彼らを見て喜びの表情を浮かべる。

「おお、来てくれたのか！　陰魔《いんま》シャドウよ！」

魔族の基本属性は、地、火、風、水に分かれるが、たまに、光、闇といった特殊属性の者も生まれる。彼らは数少ない闇属性の魔族で、主に諜報《ちょうほう》活動などをしていた。

「……我らの献身と忠誠の証《あかし》に、お救いいたします。我らとともに行きましょう」

「待て！　私には『奴隷の首輪』が着けられている。これをはずしてくれ！」

アンブロジアは首に着けられている輪を示した。

大きいほうの影が小さいほうの影に目をやる。

「……やむを得ません。我が息子を身代わりにしましょう」

その言葉を受けて、小さいほうの影が頭を下げた。

「覚悟はできています、父上」

彼はアンブロジアと同世代の少年である。しかしその目には王子の身代わりとなって死ぬ覚悟が浮かんでいた。

「……すまぬ。無力な私を許してくれ」

アンブロジアは頭を下げ、少年の手を握る。

「……では、はじめます、『陰同化《イビルフュージョン》』」

少年とアンブロジアの肉体が同化していく。

「続いて『陰分化《イビルセパレート》』」

一つになった肉体が再び分離すると、『奴隷の首輪』は少年の首に移っていった。大きいほうの影が告げる。

「……お前はアンブロジア様として振る舞い、時間を稼げ、立派に身代わりを務めるのだ」

「はい、父上」

そう返事をすると、少年は変化の魔法が込められた魔石をのみ込んだ。すると、彼の姿はアンブロジアの見た目に変わっていく。それを見届けた父のシャドウとアンブロジアは、彼の犠牲を無駄にしないようにとすぐに脱出していった。

それからしばらくして、兵士が眠らされているのが発見される。何か異常があったようだと治療室に多くの人間が入ってくる。しかしそこで彼らが見たものは、ぐっすりと眠ったままの魔王子アンブロジアだった。

よだれを垂らして寝ている姿を見て、トモノリがあざ笑う。

「おい。いい加減に起きたらどうだ。王子さんよ」

トモノリが小突くと、王子は目を覚ます。

「お前は邪悪勇者トモノリ……」

王子の姿をした魔族の少年は、トモノリをにらみつけた。

「くく……お前を誰かが救いに来たようだが、どうやら見捨てたらしいな。ざまあないぜ」

勇者の侮蔑に、魔族の少年はじっと耐えていた。

一週間後

ひざを抱えて座り込む魔族の少年がいる。

すでに変化の魔法は解け、正体がばれていた。散々殴られた彼は、牢に入れられ、生かされるか殺されるかも不確かなまま放置されていた。しばらくして、牢の前に何者かが来て話しかけてくる。

「おい。メシを持ってきてやったぞ」

少年が顔を上げると、そこにはニヤニヤと笑みを浮かべた勇者トモノリがいた。

「何の用だ」

「まあ、気まぐれだな。殺されることを覚悟して身代わりになった、お前のクソ度胸が気に入ったんで見に来てやったんだよ。とりあえず食っとけ」

そう言ってトモノリがパンやスープを差し出すと、少年は黙って受け取り、すぐにむさぼるように食べはじめた。

「しかし、敵ながら天晴《あっぱ》れだぜ。まさか魔族の中にもお前のように主《あるじ》の身代わりとなって死ぬという、忠誠心の篤《あつ》い真の武士《もののふ》の心を持つ者がいるとはな」

トモノリは少年の行動に素直に感動していた。彼が生きてきた柳生家《やぎゅうけ》では、主君に忠誠を誓うことはもっとも尊ばれる価値観として徹底的に教育されていたからである。

「なぜボクを殺さない……」

少年はトモノリをにらみつける。

「ははは、てめえみてえなガキ一匹、人質の価値もねえ。殺す価値はもっとねえよ」

自分の無力さに少年の顔が歪《ゆが》む。

「ふん。そんなボクに、いっぱい食わされたお前たちは……」

「間抜けだったってことだな。ふふ」

少年の挑発を軽くいなし、トモノリは豪快に笑った。

「忠誠心と度胸だけは認めてやろう。お前は今日から俺の奴隷兼弟子にしてやる」

「だ、誰が勇者の奴隷なんかに……それに弟子ってなんだよ！」

「小せぇ！　小せぇぞ坊主！　奴隷をしながら力を磨き、俺の技を盗んで、いつか俺に牙を突き立てるぐらいの大物になってみせろ！　てめえには見所がある！　俺が徹底的に鍛えてやる！」

トモノリはなぜか上半身裸になってポーズを決めた。すると、すさまじい魔力が全身から放出され、トモノリの体が黒く染まっていった。

「これは……僕と同じ、闇の魔力！　なぜ勇者から闇の力が……」

「ははは、光も闇も本質は同じだ！　すべてをのみ込み力に変える。これこそが勇者の証」

次いで、トモノリから神々しい光が発せられると、それを浴びた少年の体が癒されていった。

圧倒的な闇と光の魔力を見せ付けられ、少年は決心する。

「わかった……アンタに従おう」

「ふふふ……てめえの名前は？」

「我が名はマッチョジー。忠誠を誓います」

トモノリに跪《ひざまず》くマッチョジー。

このとき、魔族の少年マッチョジーと勇者トモノリの奇妙な師弟関係が成立したのだった。

冒険者ギルド本店

時は四百年前から戻り、光司、愛、マッチョジー、キルニーの四人はギルドの応接室に移動して話をしている。

「え？　あなたが伝説の勇者トモノリ・ヤギュウなんですか、それにおじい様の師匠って……」

キルニーが、驚きの声を上げる。

「ああ。俺たちのパーティにいた魔族の奴隷がこいつだ」

「おじい様は勇者を撃退したっておっしゃってましたけど……」

キルニーが視線を向けると、マッチョジーは決まり悪そうに目をそらした。光司が眉間にしわを寄せて怒鳴る。

「んなわけあるか。てめー、そんなこと言ってたのか！」

「ほっほっほ。懐かしい思い出ですなぁ……」

マッチョジーはごまかすように笑った。

「まあ、見所があったから奴隷としてこき使う合間に、『暗黒天闘術』を教えてやったんだよ。でもこいつ、魔族と戦いたくないからって、魔国に入ったら逃げ出したんだぞ」

「……」

キルニーの祖父を見る視線が厳しくなる。

「それで魔王アバドンを倒したあとに出てきて、土下座してきて、どうか魔族を滅ぼさないでください って泣いて頼みやがる。だから和平と奴隷解放を約束させて、俺たちはフリージア皇国に帰ったのさ」

「もしかして勇者を撃退したってのは、そういうことですか？」

キルニーがため息をつく。

「も、もういいでしょう。昔の話ですじゃ。ワシもあれから修業して、魔王にも負けないくらい強くなったのですぞ。だからギルドマスターという要職を、四百年もやってこれたんですからのう」

「強くなってあの程度かよ。中途半端な技にしやがって」

光司は苦笑しているが、弟子と再会できてうれしそうであった。

「お師匠様が特別なのです。今日までマッチョジー流『暗黒天闘術』は無敵だったのじゃから……」

そもそも『暗黒天闘術』とはトモノリ独自の魔力闘法であり、高濃度の闇の魔力で体を覆って防御したり、手にまとわせて攻撃したりする技である。相手の魔法攻撃をすべて吸い取ることができ、直接相手に触れて魔力や生気を吸い取ることもできる。

なお、その逆の属性である光を使った戦闘法は、先ほど光司が使った『光雷天闘術』である。体内から発せられる光のオーラが、どんな攻撃も防ぐ鉄壁の防御となり、攻撃に転用すれば硬い壁でも素手で穴を穿《うが》ち、鋼鉄の鎧ですら引き裂くことができる。

マッチョジーの言い分を聞いても、光司は納得していない様子である。

「何が無敵だ。灰色程度で暗黒を名乗るんじゃねー」

光司はマッチョジーの白髪頭を引き寄せてグリグリする。傍目には孫が祖父にじゃれているようにしか見えない。

「あ、あの。二人は仲悪かったんですか？」

恐る恐るキルニーが愛に聞く。

「ううん。むしろ二人は兄弟みたいにウマが合ったわ。光司もマー坊が生きていてくれてうれしいのよ。この世界に来て初めて私たちを覚えてくれていた人に会えたのだからね」

愛もじゃれ合う二人をほほえましく見ていた。


ギルドマスターの執務室で、マッチョジーから光司と愛は新たなギルドカードを渡される。

「それでは、これが新しいギルドカードです。新たなランクはΩ《オメガ》ランクにしています」

いままでは薄茶色のカードだったが、新しいものは黄金色に輝いていた。

「ランクΩってどれくらい偉いんだ？」

「いままでの最上位はSSランクだったのじゃが、さらにその上として新しいランクを作りました。特典としてこの街の飲食店での飲み食いの請求はすべてギルドにいくようにしておりますじゃ」

マッチョジーの言葉を聞いて、二人は思わず顔を見合わせる。

「地味にありがたい特典ね」

「ああ。これからあのラーメン一杯一万円のボッタクリ価格を気にせず、毎日無料で飲み食いできるわけか。マー坊も気が利くじゃねえか」

喜ぶ二人にマッチョジーは苦笑する。その程度の金など、落ち目とはいえ世界を股に掛けて活動してきた冒険者ギルドにとってたいしたことではなかった。

「喜んでいただいて何よりですじゃ。ところで、お二人はなぜ四百年も経つのにそんな若いお姿なのですか？　それに毒殺されたと聞いていましたが」

マッチョジーが二人に不思議に思っていたことを尋ねる。

「いや、俺たちはあのとき死んで、別世界に転生したんだよ。井山光司と秋紀愛という名前でな。それで、勇者と大魔道士の記憶と力を取り戻したというわけだ」

「それが良かったのか悪かったのかわからないけれど、目覚めた以上、平凡な人生は送りたくないわね。仕返ししたいやつもいることだし……」

「仕返ししたいやつとは？」

マッチョジーの質問に、二人は憎らしげに答える。

「菅井真一。勇者シンイチとか呼ばれているクソ野郎のことさ!!」

「私もあいつが気に入らないわ。なんとかして一泡吹かせてやりたい。そのためにはもっと力を手に入れないとね。だから秘宝庫とやらのお宝を使わせてもらいたいのよ」

そうして二人は日本でのシンイチとのトラブルを詳しく話した。

ひと通り話を聞いたマッチョジーは、子供の喧嘩程度のことで復讐などと大げさに言う二人に違和感を覚えていた。

（ううむ……マーリン姐様も、トモノリお師匠様もつまらぬ仕返しなどにこだわる方ではなかったと思うが。ワシのこともあっさりと許して弟子にしたぐらい寛大な方だったというのに。どこか以前と違う。生まれ変わったせいで人格が変わってしまわれたのか？）

マッチョジーは二人を適当にあしらいながら思考をめぐらせる。

（少なくとも伝説の勇者サマには力だけはある。勇者シンイチを殺し、ヒノモト国を奪えるかもしれぬ。そのあと国の実権を我がギルドが握る……ふむ、悪くないかも知れぬのぅ）

こうしてマッチョジーは自らの師を利用しようという結論に至った。

マッチョジーが光司と愛に笑顔を向ける。

「わかりました。お師匠様に協力しますじゃ。宝物庫から好きなものを持っていってください」

「ちょっ！　本当にこんな人たちに協力するのですか！」

すっかりこの勇者たちに呆れていたキルニーが、マッチョジーの正気を疑う。しかし、マッチョジーはゆるがない。

「ワシはお師匠様に大恩がある。そのお言葉は絶対なのじゃ」

「さすがマー坊だぜ。それでこそ俺の弟子だ」

無邪気に喜ぶ光司。そんな彼に対して腹の底で舌を出しながら、マッチョジーは地下の宝物庫に案内するのだった。


以前行った武器屋の地下室よりも深いところにある秘宝庫には、何十もの宝箱があった。

「良いですかの？　体面を取り繕《つくろ》う必要がありますので、書類上は北のホワイトドラゴンを討伐した報酬ということにしておりますのじゃ。ちなみに、ここにある武器の中で持っていけるのは一つだけですじゃ」

「なんでだよ。もっとよこせよ」

光司が不満の声を上げる。

「この秘宝庫から持ち出せるのは、一度に一つだけと決められておるのです。それ以上持ち出そうとすると盗難と見なされて、所持品がすべて没収される魔法がかけられていますのじゃ」

適当なことを言ってごまかすマッチョジー。

「また面倒なことをしたものね。まあ、それくらいの防犯は必要かも。いいわ。その代わり、一番いいものをもらうわよ」

「当然ですじゃ」

なんとか聞き分けてくれたので、マッチョジーはほくそ笑む。

じつは、これは偽装工作なのである。光司がシンイチに敗れた場合には、その背後関係を調べられるだろう。そこで彼が持っている武器からギルドとのつながりが疑われたら大変なことになる。

そうならないために、武器は報酬として公式に渡したと記録に残しておくことにしたのだ。

マッチョジーが一つひとつ宝箱を開けて説明をする。

「これは最近地下三五階層で見つかった、『疾風《しっぷう》のブラ』『魅惑のショーツ』ですじゃ。お姐様に似合いそうですがのぅ」

「ふーん。セクシーね。でも何でこんな物が取り寄せられたのかしら。私だったらこんな下着を手放したりしないんだけどな」

愛がそれらの装備を手に取って見つめながらつぶやく。下着はゴージャスなデザインで、宝石が散りばめられていた。

「物にはイロイロ事情がありますからのぅ。前の持ち主はよほど嫌な思いでもしたのか」

そう言いながら次の宝箱を開ける。

「お師匠様にはこれなどいかがかな？　最近見つかった伝説の武器の一つで、『漆黒《しっこく》の剣』ですぞ。これを持ち帰ったBランクの冒険者は発狂したそうじゃが、お師匠様なら大丈夫でしょう」

さっそく光司は渡された『漆黒の剣』を振ってみた。すぐさま剣から闇の意思が伝わってくる。

【ククク……キサマガツギノイケニエカ……カラダヲアケワタセ……】

剣が光司の体を支配しようとしてくる。しかし、彼は平然としていた。

「てめえごときチンケな闇に、大暗黒を司《つかさど》る俺を支配できるかよ」

【ナニ……グァァァァ。マ、マサカ……アナタサマハ……ワガ……シンノアルジ……】

光司の手の中で剣の色はさらに黒くなっていった。

その様子を見ていたマッチョジーが汗を浮かべる。

「さ、さすがお師匠様ですな……」

「ふん。その辺の雑魚《ざこ》と一緒にするな。まあいい。気に入ったぜ。こいつは今日から俺専用の武器にしてやろう」

笑みを浮かべながら光司は『漆黒の剣』を腰に差した。

「いいわね光司は……さて、私も自分用の武器を探さないと」

いろいろな宝箱をあさってみるが、愛にはなかなかいい物が見つからなかった。マッチョジーがとある装備品を手に薦める。

「お姐様にはこれなどいかがですじゃ？『もふもふの手鏡』。この鏡にモンスターを映し出したら、もふもふの猫や犬に変身させることができますじゃ。かなり魔力を消費しますが」

「かわいいけど、いまはいいわ……もっと私に合った……」

そこまで言ったところで、部屋の隅にあった石が視界に入る。

「こ、これは？　こんなところにいたの？」

興奮してその石を抱きしめる愛。

「姐さんにはこれが何だかわかるのですかな？　昔の冒険者が洞窟の奥から苦労して持って帰ったらしいが、誰にもよくわからぬのじゃ。発せられている魔力だけは国宝クラスじゃから、こうやって飾っておいたのですが、発見されて二百年もそのままですじゃ」

「わかるわ。これは我が魂の一部を込めたもの。二人ともちょっと離れていて」

そう言いながら石を床に置いて、愛は呪文を唱える。

「我が妹、石にとらわれし封印を破り、我が元に出でよ!!」

愛が膨大な魔力を注ぎ込むと、あたりに煙が立ち込めた。

「ごほっ。いきなり何しやがるんだ？」

光司は咳き込む。

「姐さん？　大丈夫ですかの？」

マッチョジーは愛を心配する。

しばらくして煙が晴れると、そこには豪華な装飾が付いた琵琶を抱えた愛の姿があった。

「おい、それはなんだ？」

「うふふ……やっと再会できたわ。遠い昔、私が『妲己《だっき》』という名前で中国で生きていたとき、魂を分けてこの琵琶に込めたの。私の分身にして最高の武器『玉石琵琶《ぎょくせきびわ》』よ。私にとっては妹同然。彼女に会えただけで、この世界に来たかいがあったわ」

愛はうっすらと涙を流しながら、琵琶に頬ずりしている。

「妹って……ただの琵琶じゃねえのか？」

光司はまるで人間のように琵琶を扱う愛に困惑した。すると、いきなり琵琶がしゃべり出した。

「お兄様は失礼ですね。私はちゃんとした女の子ですよ」

琵琶の姿が変わっていき、しばらくすると十五歳くらいの美少女になった。

愛が懐かしそうに話しかける。

「久しぶりね。何年ぶりに会えたのかしら……」

「二千年ぶりですよ。弁財天様？　妲己様？　ええと……」

「ふふ。いまは愛と呼んで。私の最愛の妹、喜媚《きび》」

そう言うと、愛はやさしく少女を抱きしめるのだった。

『極魔の洞窟』

自分に合った武器を手に入れた光司と愛は、迷宮の奥へと破竹《はちく》の勢いで進んでいった。

「ブラックホール」

光司は剣を振って、『漆黒の剣』から黒い玉を生み出してモンスターを吸い込んで全滅させていく。

「脳波乱舞曲《のうはらんぶきょく》」

愛が琵琶を奏でると、音が超音波となってモンスターの脳を揺さぶり、脳溢血《のういっけつ》を引き起こした。

伝説の武器を手に入れた二人はまさに無敵であった。十階ごとに存在するボスモンスターも簡単に倒し、瞬《また》く間に前人未到の地下九九階に達しようとしていた。

「どうやら、この四百年でここまで到達した冒険者はいなかったらしいな」

光司の言う通り、地下八〇階以降は冒険者たちの死体が一体もなかった。

「ふふ。神の化身《けしん》である私たちならともかく、ただの人間には大変でしょう。ここに来るまでに、皆そこその宝物を手に入れて満足するんじゃないの？」

愛が冷たく言い放つ。

実際に、伝説の宝物を一つでも手に入れたら、一生遊んで暮らすことも可能である。そのためわざわざ危険を冒して先に進むより、宝物を手に入れた時点で満足する冒険者も少なくなかった。

「だが、俺たちは違うぜ。なんたって伝説の勇者なんだからな。究極の秘宝とやらを手に入れるまであきらめないぞ」

光司は豪快に笑う。そんな彼を見ながら愛が告げる。

「いよいよ最深階よ。気をつけて行きましょう」

光司たちは、ボス敵のいる部屋の扉を静かに開けた。


「ギャウウウウウウ」

そこでは、巨大な灰色の体に六枚の翼を持ったドラゴンが、口から毒を吐き続けていた。

九九階のボスは、ドラゴンの中でももっとも倒すのが難しいと言われる、全身から毒を発散させるアシッドドラゴンだった。

「これは強敵ね……ちょっと離れて対策を練ったほうが……」

「関係ねえ。『光雷天闘術』で一気に行くぜ‼」

光司は全身から光のオーラを立ち上らせて、毒を防御しながら突撃した。

「食らえ!!　奥義『光極拳《こうきょくけん》』」

拳に光をまとわせ、ドラゴンを正面から殴りつける。

「ピィィィィィィ」

アシッドドラゴンが苦痛の声を上げると同時に鱗が砕け、そこから緑の血が盛大に噴出した。

「やったぜ！」

「バカ!!　『衝撃波《ショックウェーブ》』」

空中でガッツポーズを取る光司に向けて、愛が衝撃波を放つ。

光司は不意をつかれて地面を転がった。

「何しやがる!!」

「よく見なさい!!　あいつの血は竜毒液よ。どんな物でも溶かす伝説の毒。いくら光のオーラで防いでも、口に一滴でも入ったら、内臓がただれて死んでいたわよ！」

愛の言葉に、光司はさっきまでいたところを見た。ドラゴンの血がかかった地面はまるで熱せられたチーズのように溶け出していた。

「す、すまねえ。でも、これからどうすればいいんだ？」

傷を負ったドラゴンは血を撒き散らして暴れていて、とても近寄れる状況ではない。

「仕方ないわね。その『雷神のナイフ』に全魔力で『雷』の魔法を付けてちょうだい。それを『衝撃波《ショックウェーブ》』で飛ばして、あいつの傷口にねじ込んで爆発させましょう」

「……ほかに方法はねえのか？　短い間だったけど世話になった武器を犠牲にするのは……」

光司は惜しそうな顔をするが、その間にもドラゴンは回復し続け、態勢を立て直そうとしていた。

「そんなこと言ってる場合じゃないわ。もう傷口がふさがりはじめているわよ」

愛が光司をいさめる。確かにドラゴンは回復しはじめている。

「仕方ねぇ。わかった」

そう吐き捨てると、光司は全魔力を『雷神のナイフ』に込めて愛に手渡した。

「いくわよ。『衝撃波《ショックウェーブ》』」

愛がナイフに音を乗せて放つ。音速で飛んでいき、ドラゴンの傷口にめり込んだ。すかさず愛が叫ぶ。

「いまよ！」

「くそ！　『雷爆発《サンダーボンバー》』！」

光司が魔力を発動させると、ドラゴンの体内深くまで到達したナイフが雷光を放つ。光の速さで雷が全神経を伝わり、そのショックでドラゴンの心臓が止まった。


ドラゴンの体が倒れ、ゆっくりと溶けていく。

光司は『光雷天闘術』で全身を覆って毒を防御し、口に入らないように気をつけながらドラゴンが溶け出した毒の沼をあさる。しばらくすると、大きな宝箱を見つけることができた。

「これでシンイチに対抗できる力を手に入れられるぜ！」

「楽しみね」

開けると、中には黄金色に輝く杖が入っていた。光司が感嘆の声を上げる。

「これが伝説の秘宝か！　確かにすごい魔力を放っているぜ！」

手に取って確かめてみると、確かに伝説の武器としてのオーラが感じられた。感心する光司に愛が言う。

「ちょっと待って。『鑑定』……『錬金《れんきん》の杖』ね。この杖を使うと、無機物を金にできるわ。ただ、元の大きさの百分の一まで縮むみたいだけど……とりあえず、試してみましょう。『元素転換《アトムチェンジ》』」

リュックからダンジョンで見つけた『鋼《はがね》の篭手《こて》』を取り出して、それに向けて杖を振るってみた。

すると、鋼でできた篭手が、小さい黄金の篭手に変わった。

「すげえ！　確かに世界中の宝物を集めたのと同等の価値があるぜ！　これさえあれば黄金を作り放題で、金に困ることはなくなる。一〇〇万アルの金貨を作るなんて朝飯前だ！」

光司はこれで『皇金の剣』を手に入れられると思って大喜びする。が、愛は微妙な顔であった。

「……そうかしら？　この程度のものが道具袋と対になるような秘宝？　明らかに見劣りするわ。確かにお金に困ることはないでしょうけど……」

愛は納得していなかったが、光司は嬉々として脱出用の魔法陣に向かっていた。愛は仕方なく付いていくのだった。

冒険者ギルド

「おじい様！　大変です」

キルニーがあわてながら、マッチョジーの執務室に入ってくる。

「なんじゃ？　騒々《そうぞう》しいのぅ」

「あの二人を何とかしてください！　ギルドの裏庭で……」

その言葉で光司たちがまたトラブルを起こしたのを察するマッチョジー。

「やれやれ、今度はなんじゃ」

キルニーに従い、マッチョジーが裏庭に足を運ぶと、まばゆい光が目に入った。

マッチョジーの目は驚愕《きょうがく》のあまり、限界まで見開かれる。手入れの行き届いた庭だったそこは、巨大なクレーターだらけの荒地と化していたからである。

「よう、マー坊。喜べ。ついに伝説の秘宝を手に入れたぞ」

穴の淵で、光司が満面の笑みを浮かべている。

「はあ、はあ。もう魔力がカラッポよ。今日はこれくらいにしておきましょう」

穴の底では、疲れた顔をした愛が黄金の杖を振り続けていた。

彼らの前にはひと塊の金塊が転がっており、キラキラと輝いていた。

ギルドの執務室で、マッチョジーが金塊を見てうなっている。

「……なるほど。『錬金の杖』ですか。確かにこれがあれば土の中の岩石などから金塊を作ることができる。さすが、秘宝と呼ばれるだけのことはありますじゃ」

『錬金の杖』を見つめながら、マッチョジーがつぶやく。

「だろ～？　これで俺たちはシンイチにも負けない力を手に入れたぜ。これで金を作って、ヒノモト国を金の力でぶっ潰してやる」

光司は威張った顔をするが、マッチョジーの顔色は優れなかった。

(厄介な宝物を持ってきおって！　そりゃ個人の立場なら無限の財宝であろうが、貨幣を発行したり、その価値を維持したりせねばならん国やわれわれのような立場の者にとっては、存在するだけで迷惑な代物だ。絶対に闇に葬らなくてはならぬ。なんとか取り上げて……)

『錬金の杖』を持ちながら苦悩するマッチョジーだったが、意外な言葉が愛から発せられた。

「その杖はギルドに預けておくわ。その代わり、ギルド発行の上限無制限の小切手帳を私たちにちょうだい。今後、私たちが使うお金をすべてギルドが肩代わりするということにしましょう」

「お、おい。何を言うんだよ」

光司があわてるが、愛は構わず続けた。

「バカね。金塊を作って売りまくるなんて面倒だわ。ギルドに預けて、私たちはお金を気にせず好きな物を買えるようにしたほうがいいでしょ」

愛が冷静に告げる。

「姐さん。さすがですじゃ。そうされたほうがいいですぞ。今後金ならギルドに来ていただければいくらでもお渡ししますじゃ」

マッチョジーはほっと胸をなでおろした。

「……しょうがねえな。まあ、愛の言う通り、いちいち金塊を作って売るってのも面倒くさいからな。この宝はギルドに預けるぜ」

光司もしぶしぶ同意する。マッチョジーは話がまとまったことに、ようやく安心するのだった。


ギルドから上限無制限の小切手帳を受け取った光司たちは、真っ先に武器屋に向かっていた。

「いや～。これでやっと相棒を迎えに行けるぜ」

光司は終始ご機嫌である。

「そのことなんだけど、ちょっとやってもらいたいことがあるのよ」

武器屋への道の途中、愛が光司にある提案をした。

その内容を聞いた光司が顔をしかめる。

「なんでそんなことをするんだ？　金ならあるんだし、素直に買えばいいじゃねえか？」

「あの『錬金の杖』が本当に『道具袋』と対になる秘宝なのかどうか確かめる必要があるわ。いま、マー坊に頼んで、『錬金の杖』をギルドの秘宝庫に収めるのを一日待ってもらっているのよ。つまり『錬金の杖』は地上にある。これから行くところは『極魔の洞窟』の一部。もし私の考えが正しければ、秘宝かどうかはっきりさせられるはず」

「なんだかわからねえが、それくらいのことはいいぜ」

愛の言うことを受け入れる光司だった。

武器屋に着くと、相変わらず怪しい雰囲気の主人が出迎える。

「アイやー。お客さん。もう金用意したってカ?」

「ああ。見てみな。ギルド発行の本物の小切手だぜ」

光司が一〇〇万アルの小切手を見せると、主人は満面の笑みを浮かべた。

「お客さん、大好きヨ。それじゃ行こうかね」

一同は地下室に下りていく。相変わらず地下の武器庫には壊れた武器が転がっていた。

武器屋の主人は『皇金の剣』を宝箱から取り出し、光司に渡す。

「これだ。やっと俺の手に帰ってきた。これからもよろしくな、相棒」

『皇金の剣』の刀身に頬ずりして喜ぶ光司。剣も主人に応えるかのように、まばゆい光を放った。

「さて、それじゃ小切手をもらうヨ」

「すまないな。それじゃこれで」

光司は小切手を自分の懐に入れて、剣を持ったまま帰ろうとする。そのとたんに『皇金の剣』光司の手から消えてしまった。

「……お客さん。いくら私でも怒るヨ」

武器屋の主人の額には青筋が浮かんでいる。

「ごめんなさい。ちょっとした冗談よ。はい、小切手」

愛が一〇〇万アルの小切手を渡すと、主人は無表情で『皇金の剣』をそばの宝箱から取り出して光司に渡した。

武器屋から出た二人は、近くの喫茶店に入る。

「あれに何の意味があったんだ？　素直に金を渡せば良かっただろ？」

光司が不思議そうに首をかしげる。愛はわざと『皇金の剣』を一度持ち逃げするように頼んだのであった。

「ふふ。『錬金の杖』が本物の秘宝かどうか確かめたかったのよ。もしあの杖が本物の秘宝だったら、いまは地上にあるんだから、『極魔の洞窟』内の宝を引き寄せる力は失われているはずでしょ。なのに、引き寄せる力は存在していた。つまり、『錬金の杖』はニセモノ。それ自体がカムフラージュのためのトラップね」

「なんだって？　あれだけ価値があるお宝がただのトラップ？」

光司は意外そうな顔をする。

「ふふふ……死体を隠すときによく使われる手よ」

人間の死体を隠すときに、まず深く穴を掘って埋める。そして浅いところに犬の死体を埋めておく。犬の死体が発見されてもまさかその下にさらに人の死体が埋まっているとは考えられない。ミステリーの世界でよく使われる方法である。

「たぶん、『錬金の杖』は本物の秘宝に比べたら、格段に価値が落ちるのでしょう。本物の秘宝はさらに地下にあるわ」

紅茶をすすりながら言う愛の言葉を聞いて、光司はますます燃え上がった。

「面白い。なら、意地でも手に入れてやるぜ」

「その意気よ。一休みしたら準備をしましょう」

愛と光司は腹いっぱい食事を平らげ、次の挑戦に備えた。


「準備って……こんなことかよ……これってまさか……」

「ププッ、似合っているわよ」

ガラリと装備を替えた光司を見て愛が笑う。

大金を出して買った装備は、『輝きのメット』『楽蛇《らくだ》のシャツ』『神作の手袋』『悪魔の幅広ズボン』『ダイヤのスコップ』『常白のタオル』『温かいはらまき』『土のお守り』『豪鋼のつるはし』である。

その数時間前、喫茶店を出た二人は、この街唯一の作業服専門店『働く男』に向かっていた。

お金は無制限に使えるので、すべてその店に飾られていた伝説の装備に着替えたのだった。

「お客様、よく似合っていて素晴らしいです。まるで伝説の工事人『ドカチー』のようです」

「ふざけるな!! 全然うれしくねぇよ！」

光司は切れそうになったが、愛があわてて押しとどめる。

「まあまあ、先を進むためには、どうしても必要なのよ。光司、我慢して」

「……仕方ねえな」

しぶしぶと怒りの矛を収める。

「はい。これ、五〇万アル」

「ありがとうございます。うう……この店を開いて三十年。どの冒険者たちもこれらの品々に見向きもしませんでしたが、今日やっと価値がわかる方がいらっしゃいました」

初老の店長は感涙にむせんでいた。しかし、光司は複雑な心境である。

「ふん！ もう行くぞ」

「わかったわ。それじゃあね」

店を出る二人。それから食料と水を大量に買い込み、再び『極魔の洞窟』に向かった。

『極魔の洞窟』――地下九九階

一階からやり直すこと数日、二人はやっとのことで再び九九階に戻ってくることができた。

「はあ、はあ……もうここには何もないぜ」

荒い息をつく光司は、前回よりダメージを受けている。

伝説の工事人以外の装備は『漆黒の剣』と『皇金の剣』のみ。防具の類は荷物になるので、すべてギルドに預けてから洞窟に入った。そのため、さすがの光司もモンスターとの戦闘で怪我を負っていた。

対照的に愛は平気な顔をしている。

「ふふふ、誰もがそう思うでしょうね。ダンジョンの地下九九階だからもうこの下は何もないって。でも、別に九九階層が最深階と決まっているわけじゃないわ」

「でも、階段も何も見つからなかったぞ」

光司が言うように、九九階をどんなに探し回っても、下りる階段はまったく見つからなかった。

「バカね。真剣に宝を隠そうとしているのに、わざわざ下に行く階段なんか用意しているわけないじゃない。というわけで、光司、掘って」

「え？」

光司がキョトンとする。

「地面を掘って。たぶんその伝説の工事人シリーズだったら、この硬い床も掘れると思うから」

愛は満面の笑みを浮かべて、光司に指示する。

「……気が進まねえなぁ」

「応援してあげるから。『勤労の歌』」

愛が琵琶をかき鳴らすと、働きたくなるような曲が流れてきた。

「うおおおお。働くぞ～」

光司は『ダイヤのスコップ』を握り締めると、洞窟の硬い床に挑んでいった。

三日後

優雅にお茶を飲んでいた愛は、深い穴に向かって呼びかける。

「光司～どう？　下の階につながった～？」

明るい声で愛が呼びかけると、下から細い声が返ってくる。

「……まだ届かねえ。水……飯……」

「はいはい。がんばってね」

上から水筒とパンを投げ入れる。掘り進んだ穴は地下二十メートルに達しようとしていた。

「おかしいわね。まだ下の階に到達しないなんて……私の勘違いだったかしら？」

愛がそう思ったとき、穴から声が上がった。

「うおおお、やっと、やっと開通したぜ～」

涙声で叫ぶ光司の声が聞こえてくる。

「ふふ。ご苦労様。それじゃ、探索の続きを……あら？」

さっそく穴に飛び込む愛。下の階にたどり着いたが、そこに光司の姿は見当たらなかった。

「光司、どこ？」

「ここだ……」

足元から声が上がる。あわてて地面を見ると、精も根も尽き果てたような光司が倒れていた。

「だ、大丈夫？」

「大丈夫なわけあるか……三日三晩働かされたら誰でも死ぬ……」

そう言い残すと同時に光司は気絶する。『極魔の洞窟』の床は硬い土であり、一部には岩盤層もあった。土を掘ったり砕いたりでこき使われた光司は、さすがに限界が来ていたようだ。

「……だらしないわね。仕方ないか。いったん帰りましょう」

光司を連れて、愛は町に帰っていった。

街に戻って、体力を回復させた二人。またまた一階からやり直しである。

「しかし、一度出たら一階からまたやり直しってのは何とかならないのかな。面倒くせえ」

地下三〇階で、中級モンスターのハウリングドッグを斬り刻みながら光司がぼやく。

もはや雑魚敵など無傷で倒せるほどレベルアップしているが、だからといって面倒なことにはかわりがない。

「仕方ないわよ。何度も一階からやり直して、いい加減うんざりしていた。

「仕方ないわよ。そうそうゲームみたいに、都合よく途中の階にワープなんてできないんだから。これは根競べになるわね」

『玉石琵琶』をかき流しながら愛が返す。二人はさらに奥に進んでいった。

それから二週間ほどして……。

「はあはあ、何なんだよこの洞窟。深いなんてもんじゃねえぜ！」

とうとう光司が切れる。彼らはすでに地下一五〇階まで進んでいた。

いまさら引き返して再挑戦などできはしない。持ってきた食料はとうに尽きて、倒した魔物の死体を焼いて食べている始末だった。

「本当よね……さすがにつらいわ」

愛の顔にも疲れが浮かんでいる。何日も風呂に入ってないので、二人とも汚れ放題だった。未知の領域だけあって出てくるモンスターも強い。キングゴブリンにルビースライム、シルバーサスカッチにメタルマンなど。この洞窟以外では見られない魔物も多い。

当然ボス敵も強く、地下一二九階のカイザーモスにやられて毒を受け、地下一三九階のクレイジースモウトリにはぶちかましをかけられ、地下一四九階では、ゾンビ勇者アベルと一日中どつき合った。

光司は愚痴を吐き出す。

「こんなに苦労しているのに……地下一〇〇階以降、まともな宝物がほとんどないじゃねえか」

さらに、ボス敵を倒しても出てくる宝が微妙だった。

「ボス敵倒して出てきた宝箱の中身が、『出金《しゅっきん》の財布』なんてふざけているだろ!!」

ゾンビ勇者を倒して出てきた、金の装飾がついた豪華な宝箱を開けると、昔懐かしいがま口財布が出てきた。その中には一ジルが入っている。

鑑定した結果、お金を取り出すたびに新たなお金を召喚するという財布だった。

最初は喜んだが、よく考えると一ジル＝一〇〇円ずつしか出てこないのである。一アル稼ぐのに百回財布を開けないといけないのだ。いまの光司たちにとっては無用の品である。

他のボスの宝物も同様で、一〇九階の『無限水筒』、一一九階の『前世の楽譜』、一二九階の『食べてもなくならないパン』、一三九階の『自動尻洗浄付簡易トイレ』など、どれも微妙な品ばかりだった。

「でも変よね。なぜか宝箱が不自然だわ」

しかし愛は品ではなく、箱のほうに興味を持っていた。大きな宝箱の中に小さな財布がちょこんと入っていたので違和感を覚えたのだ。

地下一〇九階、地下一一九階……地下一四九階と深くなるごとに、ボス敵が落とす宝箱は少しずつ大きくなっていた。

「そんなのどうでもいいんだよ。おい、これをまだ続けるのか？」

「我慢して。あなたもわかっているでしょう？　どんな伝説の武器でもシンイチが持っている『道具袋』にはかなわないわ。いまの私たちが戦っても勝ち目はない」

「……確かにな」

実際にシンイチとの戦いを経験していた光司は、道具袋の力を身にしみてわかっていた。認識されるだけで抵抗できずに吸い込まれてしまうという究極の兵器である。そんな相手には、伝説の武器も無力であろう。ここはなんとしてでも道具袋の対になるという秘宝を手に入れる必要があった。

「わかった。先に進もう」

光司たちは気合いを入れなおして、さらに深い地下にもぐっていった。しかし、地下一八三階に到達するころには、二人に限界が訪れようとしていた。光司がうめくようにつぶやく。

「も、もうだめだ……」

「私も魔力切れね。ちょっと無謀だったかしら……」

息も絶え絶えの二人はここに来るまでに体力と魔力を使い切り、敵に追い詰められようとしていた。二人の周囲を炎の魔人フレイム、風の魔人タツマキが取り囲んでいる。

「くそ……ここまで来たのに……」

万策尽き、光司が背後の壁にもたれかかった。そのときである。いきなり壁が後ろに倒れた。

「わっ！」

壁がなくなり、奥の部屋に転がり込む光司。

「光司!!　大丈夫？」

愛もあわてて隠し部屋に逃げ込む。炎と風の魔人たちは悔しそうにその姿を見送った。どうやら追う気はないらしい。その様子を見て愛がつぶやく。

「あれ？　あいつらこの部屋に入ってこない……この部屋には結界が張られていて、魔物が入って来られないみたいね」

魔物たちは隠し部屋の入り口で待ち構えているが、部屋には一歩も入って来なかった。光司がほっとして胸をなで下ろす。

「な、なんか危機一髪で助かったみたいだな」

「ええ。運が良かったわ。もしこの部屋を見つけられなかったら死んでいたかも」

助かった安堵感で地面に座り込む二人。しばらくして光司が部屋を見回すと、奥でみすぼらしい宝箱が二つ並んでいるのを見つけた。

「頼む……何でもいいから、回復できるものを……」

祈りを込めて宝箱を開ける。中には小さな小瓶が入っていた。

「おお!! やったぜ! バーサクエリクサーだぜ!」

バーサクエリクサーとは、体力と魔力が完全回復するが、自由の利かなくなる狂騒状態になる薬である。構うことなく光司はその薬を一気に飲む。彼の体が次第に真っ赤になっていった。

「効いてきた~。外のモンスターを皆殺しにしてやる!!」

隠し部屋を飛び出し、『皇金の剣』と『暗黒の剣』の二刀流で魔物に斬りかかっていく。

あとには愛が一人残された。

「まったく、しょうがないわね。こっちの宝箱は……『女神の聖服』だわ。懐かしい」

にっこりと笑って真っ白い巫女《みこ》服をまとう。これは愛が転生前の大魔道士時代に着ていた服である。装備すると、体力と魔力が少しずつ回復する効果が付与されていた。

「さて、回復するまで一休みしておきましょう」

愛はそのまま眠りについた。

その間、興奮状態の光司はさらにダンジョンの奥へと潜っていった。

「うおおおお~死ね」

愛が目覚めたときには、周辺のモンスターはボス敵も含めて皆殺しにされていた。さらに数多《あまた》のモンスターを倒し、ついに地下一九九階へとたどり着く二人。

気味悪そうに愛がつぶやく。

「不気味ね……モンスターが皆干物になっているわ」

地下一九九階は魔物の死体であふれていた。

最強クラスのモンスターであるアークデーモンやゴールドゴリラ、ヘンタイヴァンパイア、さらにはボス敵だったドラゴンなど、それらの死体がカラカラに干からびた状態で転がっていた。

「……どれも、植物の蔦《つた》みたいな物が絡まっているな。こいつが魔力を吸い尽くしたみたいだぜ」

壁いっぱいに生えている、植物の蔦が魔物の体に突き刺さり、魔力を吸い尽くしたらしい。その蔦はビクンビクンと血管のようにうごめいていた。

「でも変ね……この蔦が敵だとしたら普通このフロアに入ると同時に襲ってこない？　何もしないで様子を窺っているだけなんて……」

「ああ、嫌な予感がするぜ。まるで何かが待ち構えているようだ」

歴戦の戦士らしく、二人は強敵の気配を感じて緊張していた。

このフロアにいるボス敵が、いままでのボスをすべて合わせたより強い魔力を持っていることを、彼らは感じ取っていたのである。

警戒しながら、慎重にフロアの中心部に向かう二人。

中央の部屋のドアは植物の根によって内側から破られていた。

「どうやら、ここが真のラスボスがいる場所らしいな。これまでの敵とは比べ物にならないほどのプレッシャーを感じるぜ……」

部屋に入った光司は、油断なく辺りを見回す。

部屋の中央は巨大な空間になっており、そこには大きな樹が生えていた。

「まさか、こいつがボスなの？　なんか気持ち悪い」

不快感に顔を歪めた愛がつぶやく。大きな樹の幹からは端整な男の顔が浮かんでおり、その根元には炎に包まれた剣が地面に突き刺さっていた。

男の目がゆっくりと開き、その口が開かれる。

【……ここまでたどり着くほどの冒険者など、未来永劫現れぬとあきらめていたが……よく来てくれた】

重々しい口調にしては違和感があるが、感謝しているらしい。恐る恐る光司が尋ねる。

「……お前は何者だ」

【余は……真なる魔王ケルビム。世界を……支配すべき絶対王者なり】

男は堂々と魔王を名乗った。光司はそれを聞いて、鼻で笑う。

「はっ。その真魔王とやらが、こんなところで何をしているんだ？」

【すべて勇者シンイチのせいだ。余はやつに敗れたとき、死ぬ寸前に魂と魔力を一粒のケセルの種に込め、『炎の剣』の柄に身を隠したのだ。しかし、復活する前にこの地にある究極の秘宝の力によって、『炎の剣』ごとこの洞窟に引き寄せられてしまったのだ】

そう言うと、ケルビムの目から悔し涙がこぼれた。

勇者シンイチに負けたと聞いて、光司の顔に嘲《あざけ》りの表情が浮かぶ。

「はは、何が魔王だ。そんな無様《ぶざま》な姿でよく生にしがみ付いていられるもんだ。情けないやつだぜ」

ケルビムの顔が屈辱に歪む。

【余が意識を手放さず、屈辱に耐えながらも生き続けていたのは、わけがある。それは……】

「それは？」

思わず聞き返す光司。

【貴様のような、我が依《よ》り代《しろ》になれるほど力がある冒険者が訪れるのを待っていたのだ!!】

その言葉とともに、全方位から木の根が槍となって光司に襲いかかった。

「ふん。馬鹿め。そんな攻撃で俺のバリアが破れるかよ」

『光雷天闘術』でバリアを張っていた光司は余裕顔である。実際、木の根はすべてそれに阻まれて止まっていた。

「ふふ。それじゃ、死んでもらいましょうか。『衝撃波《ショックウェーブ》』」

さらに愛が琵琶をかき鳴らすと、すべてを内側から破壊する音波が、ケルビムの体を木端《こっぱ》微塵《みじん》に砕いていく。たちまちケルビムは無数の木片になって辺りを埋め尽くした。

「ふん。この程度かよ。もろいぜ。ハッハッハ」

豪快に笑う光司。

しかし次の瞬間、ケルビムの破片が押し寄せる。そして一本の小枝が高速で光司の口に入り込み舌を突き刺した。

「ギャッ！」

激痛のあまり地面をのたうち回る光司。もがきながら小枝を抜こうと試みるも、すでに舌と同化をはじめていて、引き剥がすことができない。

【……馬鹿め。これを待っていたのだ。寄生魔法『パラサイト』】

「うわぁぁぁぁぁぁぁぁぁぁぁぁぁ」

いきなり脳に火箸を突っ込まれたような激痛が走り、ケルビムが光司の精神に入り込んでくる。

光司は激痛のあまり、意識を手放すほかなかった。

ケルビムの魂が、光司の脳に侵入する。

（くく……魂の本体はどこにある。それさえ砕いてしまえば、この体は余のものだ。再び肉体を得て、今度こそ勇者シンイチを倒してやる）

深海の底のようにうす暗い精神世界をケルビムの精神体が進む。

そこには光司自身ですら完全に取り戻していない記憶が、無数に保管されていた。ケルビムは光司の魂の本体を探して、いくつもある記憶の結晶を一つひとつ確認していく。

（ふふ、なかなか面白い過去世《かこぜ》を体験しているではないか）

過去世の記憶を目にしながら、ケルビムはほくそ笑む。

ある記憶の結晶では、高潔な騎士として称えられながらも、主人の妻と不義密通をしていた。

（忠誠と不倫の騎士ランスロットか。勇者面しようが、所詮単なる女好きよ）

またある過去世では、貴族の横暴に耐えかねて反逆する武人だった。

（新皇《しんのう》を名乗った平将門《たいらのまさかど》か。ふふふ、どうあっても主君に反逆せずにはおれぬらしい）

さらに過去世をたどると、二人の人物に分かれて生まれたこともあった。

（これは？　古代中国の伝説の王朝、殷《いん》の暴君といわれた紂王《ちゅうおう》の記憶と、それを倒した周の武王《ぶおう》の記憶がある……こいつはいったい……？　ただの人間なのに、魂が二つに分かれた過去があるとは……こいつは一体何者なのだ？）

疑問に思いながら、人間としての記憶の層を過ぎ、魂のさらなる深奥《しんおう》へと進む。

魂の底の奥の奥に到達したケルビムが見たものは、三面の顔と六本の腕を持った奇怪な像だった。なぜかどの面も顔の右半分が削られたようになっている。

（ここだ。これがこいつの魂の本体だ。これを砕けば魂は拡散し、この肉体を乗っ取れる）

ケルビムは像の前に立ち、ありったけの魔力を込めて放とうとした。

地下一九九階層のボスの間では、光司が白目を剥いて気絶しており、その傍らで愛が必死に介抱していた。

「光司、しっかりして!!」

『癒しの杖』で回復魔法をかけ続けるが、光司の体はピクリとも動かない。

「まずいわ……精神への攻撃だから、回復魔法がまったく効かない！　どんなに力を持っていても、無防備な魂が砕かれたらおしまい。私には魂に力を与えるような力はないし……」

愛が途方に暮れていると、ケルビムの破片の中から一本の剣が浮かび上がった。

「え？　これは？　確か、伝説の武器の一つで『炎の剣』。なぜ浮いているの……」

目の前の剣が赤い光を放つと、それに呼応するように、光司が持っていた二本の伝説の剣も浮き上がった。

『炎の剣』の隣に、雷をまとった『皇金の剣』と、闇をまとった『漆黒の剣』が並ぶ。

「まさか……」

愛が見守る中、三つの剣が光司の体内に吸い込まれていった。

赤と白と黒の三色の光は、一直線に光司の魂の深部に向かって飛んでいく。


「くくく……これで終わりだ!!」

精神体ではあるが、魔族形態に戻ったケルビムの手が、魔力砲を放とうとしたとき、上からいきなり三色の光が降ってきた。

「な、何だこれは!!」

三本の伝説の剣から発せられる赤と白と黒の光が、ケルビムの目を灼《や》く。

「ぐおお……」

光が当たったケルビムの魂に激痛がもたらされる。

その間に、三本の剣は目の前の奇怪な像に吸い込まれていった。

「くっ……なんだったんだ……なに？」

視力が戻ったケルビムは驚愕する。

いつの間にか、剣を持った三人の人影が立っていた。

炎をまとい憤怒《ふんど》の形相《ぎょうそう》を浮かべる男。

雷を全身から発している三つ目の男。

背中に暗黒を背負う男。

全員が魔王などとは比べものにならないほどの魔力を持っており、怒り狂った顔でケルビムに近づいてくる。

ケルビムは生まれて初めて感じる根源的な恐怖というものに直面し、逃げようとする。

「か、かなわない。とてもかなわない。私とは格が違う。これでは、まるで……」

しかし、圧倒的なスピードで三方から取り囲まれた。

『明王業炎剣《みょうおうごうえんけん》』

炎を背負った男が『炎の剣』を振り、ケルビムの魂を焼き尽くす。

『大雷士《マハーヴァジュラ》』

三つの目の男が『皇金の剣』を振り、ケルビムの魂を稲光で覆い尽くす。

『暗黒地獄門《あんこくじごくもん》』

真っ黒い肌をした男が『漆黒の剣』を振り、ケルビムの魂を黒い縄で捕らえる。

「ま、まさか余の魂のほうが砕けるとは……やつは一体何者……」

炎と雷によってケルビムの魂は砕かれ、地獄へと通じる暗くて深い穴へと落ちていった。

救いを求めるように上を見上げたケルビムの目に、三人の男が再び一つの影に収束されるのが見えた。

その姿は先ほどのものと違い、肩に袋をさげ、手に鎚《つち》を持つ大男だった。


「光司、起きて!!」

必死に光司の体を揺さぶる愛。彼の体内ですさまじい魔力が暴れているのを感じていた。

「これは……危険ね。暴走しているわ。鎮めないと」

琵琶で『鎮魂曲』を鳴らして光司の体内の魔力を落ち着かせようと試みる。しばらくして魔力の暴走は鎮静化した。

光司がゆっくりと目を開ける。

「光司、大丈夫？」

心配そうに見つめる愛に、光司は笑顔を向けた。

「ああ。危なかったが、何とか正気は取り戻したな」

「ケルビムとかいうやつは？」

「地獄へと叩き落してやったぜ。まったく、俺には俺自身にも完全には制御できない神の力が宿っているのに、その魂を砕こうなんて無謀なやつだぜ。だが、今回は相棒たちに助けられたな」

自分の体を見ると、右腕に金色の剣、左腕に黒色の剣、そして背中に赤色の剣の刺青《いれずみ》が浮かんでいた。いままでよりはるかに自分が強くなったのを感じる。

「この剣たちは何だったの？」

「俺自身も忘れていたんだが、こいつらは俺が作ったんだ。はるか太古、俺が破壊神と呼ばれていた時代に、魂を分けて生み出した『炎』『光』『闇』の伝説の武器さ。だから俺の魂が侵されそうになったとき、本体の危機に駆けつけてくれたってわけだ」

愛おしそうに刺青をなでると、三つの剣は誇らしげに輝いた。

「なんにせよ、これで地下一九九階はクリアだ。ラスボスを倒したんだから、さすがにこれで究極の秘宝とやらが出てくるだろうぜ」

ケルビムがいた辺りには、巨大な黄金の宝箱が出現していた。

「そうね。開けてみましょう」

二人は期待を込めて宝箱を開ける。その中には奇妙な物が入っていた。

「なんだこりゃ？」

光司は、真珠色に輝く棒を取り上げる。

すると、瞬く間に真珠の棒に柔らかな紙が巻きついた。

「ふふ、見慣れたものだけど、一応使い方を『鑑定』しましょうかしら」

「わかるよ！　トイレットペーパーじゃねえか！」

光司は地団駄を踏む。死ぬような目に遭ったのに、出た宝がそれでは割に合わない。

「ただのトイレットペーパーじゃないわよ。アイテム名は『無限尻ふき』。いくら使っても紙が補充されるのね。助かるわ〜。こっちの世界にはトイレットペーパーはまだないからね」

実用性に富んだお宝に、愛は意外と喜んでいる。

「ふざけ……」

「ちょっと待って。捨てたらまた消えるわ。いいじゃない。生活必需品よ」

「勝手にしろ!!」

光司は腹立ち紛れに愛に押し付ける。

「おい……本当にこんなのが究極の宝じゃねえだろうな……だまされたんじゃ……？」

光司は不安になってきた。

「待って。階段があるわ」

いつの間にか、ケルビムの部屋に地下に進む階段が現れていた。

「おい、まだ下があるのかよ」

「行ってみましょう」

二人は地下二〇〇階に下りていった。

警戒しながら進むと、目の前に一体の青色の粘液のモンスターが現れる。

「おい、これってノーマルスライムだよな？」

「わからないわよ、地下二〇〇階だもの。形だけ似せた強豪モンスターかも」

愛は警戒するように忠告する。

「確かにな。なら、全力でいくぜ!!　『明王業炎剣』」

『炎の剣』が背中から浮かび、背中からミサイルのように炎の弾丸が発射される。

スライムらしきモンスターにとてつもない数の炎の弾が突き刺さった。

「ふん。どうせ反撃してくるんだろ……え？」

光司は拍子抜けする。スライムは一瞬で燃え尽きていた。

「うそだろ……地下二〇〇階の魔物がこんなに弱いわけがねぇ！」

「どうやら本物のノーマルスライムみたいね。これで油断させて強豪モンスターが襲いかかってくるとか……気を抜いちゃだめよ」

二人は緊張を解かずに、いつ強敵に遭遇しても対応できるように慎重に進んでいく。しばらくすると、複数の人影が目の前に現れた。

「出たな！　人型モンスターめ！」

光司が斬りかかろうとすると、びっくりした様子で声をかけられた。

「ちょ、ちょっと待ってください!!　俺たちは人間ですよ!!」

彼らをよく見ると、どこにでもいそうな貧弱な装備をまとった人間だった。

「てめえ、そんなことを言って、俺たちをだますつもりだろ」

「待って光司。『鑑定』……レベル3冒険者……『銅の剣』『革の鎧』……本物みたいね」

愛の鑑定により、低ランク冒険者であることが証明された。

「てめえら、なんでレベル3で地下二〇〇階まで来られるんだよ」

「地下二〇〇階？　ここは地下一階ですよ！」

怪訝な顔をした冒険者たちが返答する。

「地下一階……？　そんな馬鹿な」

あわてて後ろを振り返ってみると、確かに下りてきたはずの階段は消えていた。

「どうやら、あの階段は入り口に戻されるトラップだったみたいね。いわゆるリスタートってやつかしら」

「ふざけやがって。いい加減にしろよ！　俺たちがどれだけ苦労して一九九階まで進んだと思って……」

さすがの光司も、『極魔の洞窟』にさんざん振り回されてうんざりしている。

秘宝を手に入れるまで絶対に地上に戻らないと誓い、地下深くまで潜った。二週間もかけて最深部に到達し、真魔王を名乗るボスを倒した。それにもかかわらず、ろくなアイテムも手に入れられていないばかりか、入り口に戻されたのだから当然である。

「さすが四百年も突破されなかった伝説のダンジョンね。一筋縄ではいかないわ。いい加減疲れたから、とりあえず一回戻りましょう」

光司たちは、憮然とした顔をして地上に帰っていった。

地上の酒場

宿屋で数日休養を取った光司たちは、食事と情報収集のために店に入っていた。

「しかし、なんだってんだ。せっかく苦労をしてボスを倒したと思ったら、地下一階に戻されるなんて。しかも、大したことのない宝ばかりだった。こんなことなら苦労して攻略するんじゃなかったぜ！」

分厚いステーキを食べ、酒を飲みながら光司が愚痴る。浴びるように酒を飲んだせいもあって、大声で不満を喚き散らしていた。

「光司、静かにして。あそこで地下一階に戻されたのも、何かの意味があるのよ」

一方、愛は冷静にそのことを分析していた。

「意味なんかねえよ。ただの嫌がらせだぜ」

「……私としては、地下二〇〇階層がなかっただけでも、良かったと思うけどね」

「どういうことだ？」

光司が首をかしげる。

「つまり、地下二〇〇階があったら、次の地下二九九階まで攻略しないといけなくなるということよ。さすがに体力的にも魔力的にも、クリアできる存在なんかまずいないわ。レベルを上げるにしても限界があるし、食料や水も持たない。つまり、『極魔の洞窟』は地下一九九階でお終いなのよ。それがわかっただけで良かったんじゃない」

冷静な愛の指摘に、光司も少し落ち着きを取り戻す。

「まあ、確かにな。きりがない洞窟の攻略なんかいつまでもやってられねえ。地下一九九階までで終わりっていうんなら、それで悪くはねえ。でも、究極の秘宝とやらは、ラスボスを倒しても出なかったぞ」

「だから、どこかに見落としがあるの。単にラスボスを倒した程度で手に入るほど甘くないのよ。クリアしても手に入らないということは、何かの謎を解く必要があるかもしれないわ。体力も回復したし、また洞窟に入りましょう」

「また一階から挑戦かよ……」

うんざりした表情になる光司。

「がんばりましょう。究極の秘宝まで、あと一歩のところまで来ているわ」

そう言って愛は自分たちを鼓舞する。

そのとき、隣のテーブルにいた冒険者たちの話が耳に入る。

「聞いたか？　いま、『極魔の洞窟』にはほとんどモンスターがいないんだってよ」

「ああ。どっかのバカがモンスターを倒しまくっていて、そのせいで楽に進めるんだってな」

いかにもチンピラといった冒険者Aが顔をゆがめて笑う。

光司たちがモンスターを倒したせいで、フリーパス状態になっているらしい。

「レベルが低いやつらでも、地下五〇階層まで行けるようだ。それでな、そこで見つけた『涼風の剣』をギルドに売ったら、なんと一万アルになったらしいぜ。俺の知り合いの話だけどな」

うれしそうに語る冒険者B。

「マジかよ……何年も遊んで暮らせるじゃねえか」

「稼ぐならいまだぜ。うわさじゃ、そのバカが地下一〇〇階に下りる道も作ったらしい」

「こうしちゃいられねえ。俺たちも行くぜ!!」

食事を終えた冒険者たちは店を出ていった。

一連の会話を聞いていた光司が愛に尋ねる。

「これは、どういうことだ？」

「私たちがモンスターを倒しまくったからね。究極の秘宝によるモンスター召喚が追いつかず、

『極魔の洞窟』のモンスターの数が極端に少なくなっているのでしょう。だから、レベルが低い冒険者も奥まで行けるのよ」

「じょ、冗談じゃねえ。早く行かないと横取りされちまう」

光司は焦った顔になる。

「そうね。あまりゆっくりもしていられないわね。それじゃ、行きましょうか」


光司たちが、再び『極魔の洞窟』を潜っていく。

すでに数回目の挑戦になるのでほとんどモンスターはおらず、楽々と進むことができた。

もっともそれは光司たちだけではなく、他の冒険者たちにとっても同様である。

いままでは地下八〇階以降は死体すらない無人状態だったが、何人もの冒険者パーティを見かけることができた。たまに残っていた強豪モンスターに遭遇してしまう哀れな冒険者もいて、通路に真新しい死体が転がっていたりもする。

「こいつら、なんでこんな深い階層にまでいやがるんだ」

「予想通りとはいえ、あまりいい気持ちはしないわね」

そう言いながら、愛は眉をひそめた。

すでに地下一〇〇階まで来ているのに、辺りには大勢の冒険者がいるのである。

彼らは通称「ハイエナ」と呼ばれる、ある意味経験を積んだ冒険者たちだった。

攻略を進めるパーティのあとをつけて、彼らが残した魔物の死体やアイテムをあさっているのだ。

彼らは地下一〇〇階層以降の階にまで進出していた。

「くそ……宝箱も全部開けられてやがる……」

光司ががっかりしてつぶやく。

前回の光司たちは先に進むことを優先していたので、ダンジョンのすべてを捜索はしていない。よってかなりの宝箱がまだまだ残っていたのだったが、すべてあとから来た冒険者たちに奪われていた。

地下一〇九階のボス敵の間に入ると、光司が倒したレッドドラゴンの死体をあさっている冒険者チームがいる。

「うひゃひゃ。大漁だぜ～。このドラゴンを倒したやつって、馬鹿だろ！」

「ああ、ドラゴンの死体が丸ごと残ってやがる。これで一生遊んで暮らせるぜ」

彼らは高値で売れる部位を持ち帰ろうとしていた。

「くそ！　あいつらいい気になりやがって……ん？」

一人の冒険者が持っているナイフに目をとめる。それは光司が以前使っていた『雷神のナイフ』だった。アシッドドラゴンを倒した際に消滅したはずだが、秘宝の力で復活していたらしい。

「くそ。このハイエナどもが！　そのナイフは俺のものだ。よこせ!!」

我慢できず、冒険者たちに向かって怒鳴り上げる光司。

「ああん？　なんだこの糞ガキ」

「ガキは帰って寝てな。俺たちはAランク冒険者パーティ『魔人』だぜ。すっ込んでいろ」

ひげを生やしたリーダーらしい魔族の男が、宝箱を持ったまま威嚇《いかく》する。

よく見ると、それはレッドドラゴンが落とした金色に輝く宝箱だった。

「そんな空箱まで持って帰ってどうするの？　中身はもうないはずよ」

光司の後ろから顔を出した愛が尋ねる。

「おっ。かわいいネーちゃんだな。ふふふ、よく見なよ。この宝箱は金銀で装飾されてるだろ？　充分に価値のあるお宝なんだぜ。売れば二〇〇アルくらいにはなるだろうよ」

宝箱を指さして笑う。確かにその宝箱は黄金色に輝いていた。

「宝箱そのものがお宝……そういえば、一〇九階以降のボス敵の宝箱は、全部同じデザインだわ」

愛は何かヒントを得たようにはっとする。一〇九階の宝箱は小ぶりながらも黄金で美しく装飾されており、上蓋にハンマーのような絵が描かれていた。

「もしかしたら！　ねえ光司、とりあえず目の前のやつらやっちゃって！」

「いいのか？」

「うん。徹底的にやっていいわよ」

愛にけしかけられた光司は、冒険者のほうを向いてニヤッと笑った。

いつものごとく、数秒で冒険者たちは殴り倒されて地面に転がっていた。

「な……あんた、いったい何者だ」

ハイエナとはいえ、高ランクの冒険者である。それにもかかわらず、光司の圧倒的な実力を感じて恐怖に震えていた。

「ふふふ……耳の穴をかっぽじってよく聞け。俺は伝説の勇者トモノリ・ヤギュウ様だ。俺たちが切り進んだ道をあとからついてきたコソ泥たち、よーくこの名を覚えておけ！」

「ひぃぃぃぃ……あんたらが噂の化け物ですか！　す、すいやせん。失礼します」

まだ動ける者が、傷ついた仲間を引きずって逃げ出していった。

「まったく……なにが化け物だよ。勇者に向かって酷いと思わないか？」

光司は愛のほうを振り向くが、彼女は聞いていなかった。

冒険者たちが置いていった宝物や、ボス敵が落とした宝箱をジーッと見ている。

「何やってるんだ？」

「ちょっと見てて。ほら、消えるわよ」

愛の言う通り、冒険者たちが集めた宝物が次々と消えていく。

「な？　なんでだ！」

「あの武器屋が言ってたでしょ。『極魔の洞窟』内で他人の物を奪い取ろうとすると、宝箱に転移して手に入らなくなるって。ほら」

キラキラと輝いていた『雷神のナイフ』が、いままさに消えかけていた。

「お、おい。拾わねえと」

「だまってて。いまいいところなんだから。『停止組曲』」

愛がいらただしげに琵琶をかき鳴らすと、光司の体は硬直してしまった。

「な、何しやがんだ‼」

「いいから。もう少し待ってて。ほら‼」

愛が指さす方向を見ると、最後まで残っていた空の宝箱が静かに消えようとしている。

「な、なんで空の宝箱まで消えたんだ？」

「これで確信したわ。光司、行くわよ」

愛は次の階に進む。光司はあわててついていった。

『極魔の洞窟』――地下一一九階

さすがにこの階までたどり着いた冒険者はいなかったようで、再び無人の洞窟が広がっている。

光司たちは難なくボスの間にたどり着く。その部屋のボス敵の死体のそばには、一〇九階の宝箱と同じデザインで、一回り大きい宝箱がなぜか閉じられた状態で残っていた。

「あれ？　この中のものはもう取ったぜ。確か開けたままだったと思ったが？」

光司が首をかしげる。

「ふふ。開けてみましょう」

ニヤっと笑った愛が宝箱を開けると、中に一回り小さい宝箱が入っていた。

「え？　空じゃなかったのか？」

「ふふふ、思った通りだわ。一〇九階の宝箱が、この中に転移したのよ」

一応中に入っている宝箱を開けてみたが、予想通り中は空のままだった。

「……結局は空じゃねえか」

「いいから。この宝箱自体が秘宝への鍵なのよ。持って行きましょう」

光司に宝箱を担がせて、愛はどんどん奥へと潜っていった。

『極魔の洞窟』――地下一九九階

「おい、もういいだろ。説明しろよ。なんでこんな重いものを運ばせたんだ」

光司が疲れた顔をして聞いてくる。

彼の肩には、九重になった宝箱が担がれていた。

「いいわ。ねえ、光司はロシアの民芸品で、マトリョーシカって知ってる？」

「どっかで聞いたことはあるけど、見たことはねぇ」

光司が首を振る。

「大きい人形の中に一回り小さい人形が入ってて、さらにその人形の中にまた小さい人形が入っているおもちゃよ。たぶん、この宝箱も同じシステムなんだわ」

「……昔、お笑い番組でやってた、金庫の中に金庫が入っていて、また金庫が入ってて、最後に◯こが出てくるってやつか？」

昔の大人気番組でやっていたコントを例に出す光司。

「……よくわからないけど、まあそんなものよ。同じようにしていけば、最後にち……じゃなくて、秘宝が出てくるはず」

「なるほど。試してみようぜ」

光司は一九九階にあった大きな宝箱に、いままで運んだ宝箱を収めた。

すると、ウィーンという起動音が宝箱から鳴った。

「何か起こっているみたいだぜ」

「ええ、しばらく待ちましょう」

期待にワクワクしながら、しばらく待つ二人。十分ほどして、起動音が収まった。

「じゃあ開けるぜ。一つ目、二つ目……九つ……やったぜ！」

最後の宝箱を開けると、きれいな布で包まれた何かが出てきたのだった。

ヒノモト城

シンイチの十九歳の誕生日を控え、城内では式典の準備が行われていた。

その日はヒノモト国では祝日に指定され、建国記念日と並んで盛大なお祭りが開催される。

祝いの日を前に、王妃候補たちは浮かれていた。

「ふふ。なんだかんだいってずっと結婚式を延ばされていたけど、もう逃がさないよ」

メアリーは楽しそうに笑う。

「シンイチ様のご意思を尊重して、いままで延ばしてきましたけど、やっと結婚できますわ」

ウンディーネが微笑む。

「ふふふ……私も十七歳になったし。結婚式は盛り上げようよ。私たち婚約者たちで」

晴美も明るい顔をしている。彼女は両親を味方につけ、強引に婚約者の座を得ていた。

喜ぶ三人だったが、一人だけ暗い顔をする少女がいた。

「アンリちゃん、どうしたの？」

それに気がついた晴美が話しかけると、アンリは目に涙を溜めていた。

「私だけ婚約者として、お兄ちゃんから認められてない……」

悲しそうにつぶやく。

「アンリちゃんもお兄ちゃんと結婚したいの？　でも、まだ十二歳でしょ。さすがにお兄ちゃん犯罪者になっちゃうよ～」

晴美はそう言うが、メアリーとウンディーネは同情するような目を向けた。

「オールフェイル世界の王族だったら、それくらいで結婚もアリだけどね」

「アンリちゃんにその気があるなら、仲間はずれにするのは可哀想ですわ。私たちは家族同然なんですから」

二人はアンリの頭をなでながらつぶやく。

「うーん。確かにお兄ちゃんもアンリちゃんのことは好きだと思うけど。世間体を気にするからなぁ。お兄ちゃんを納得させられればいいんだけど……」

晴美も難しい顔をしてうなっている。

「そういえば、以前シンイチ様は、『いつかは、ヒノモト国を王様でも多数決の意見に従わないといけないという、民主主義国家にしたい』とおっしゃっていました。私たちみんなが説得すれば、アンリちゃんとの結婚を受け入れてくれるのではないでしょうか？」

ウンディーネがそう言うと、アンリの顔がパッと明るくなる。

「お姉ちゃんたち、ありがとう！」

「それはいい考えだよ！　みんなでシンイチのところに行こう！」

　メアリーが部屋を出て行こうとすると、晴美が押しとどめた。

「待って。私たちだけじゃ、たぶんうんって言わないよ。いい考えがあるんだ……アンリちゃんだけじゃなくて、私たちとの結婚式もこれ以上延ばせなくなるような方法を考えたよ！　それはね……」

　こうして晴美が自分の考えを伝えると、他の三人も納得した。

「それじゃ、ボクは人間各国へ」

「私は魔国へ行きますわ」

「私は日本の大帝グループと、劇場だね！」

「私はヒノモト国の城下町。お姉ちゃんたちに負けないようにがんばるよ！」

　メアリー、ウンディーネ、晴美、アンリの四人が手を合わせて気合いを入れる。

　シンイチの知らないところで、王妃候補たちはシンイチを追い込む作戦に動きはじめるのだった。

次の日

「陛下、おはようございます」

「おはようアンリ……って？　え？」

いつもはアンリにほっぺたを舐められながら起きるのだったが、この日は違った。

ヒノモト城で侍女をしている普通のオバサンが起こしに来たのである。

「あ、あの、アンリは？」

「アンリ筆頭女官様は、有給休暇を取られています。それで不躾《ぶしつけ》ながら私が来ました」

「そ、そっか。そうだよな。たまには休まないとな」

有給休暇制度もシンイチが自分で導入した制度である。もっとも、アンリは常にシンイチの近くにいたがって、一度も使ったことはなかった。

「陛下、お召し替えを。お手伝いします」

「い、いいって。自分でやるから！」

オバサン侍女を追い出し、自分で着替える。

(はあ……アンリに起こされるのって毎日のことだったから、なんか変な気分だな)

いつも一緒にいるアンリがそばにいないと、なぜか落ち着かない。

(まあ、アンリにだって休みも必要だし、あんまり一緒にいるのもな。兄離れがはじまったということか)

ちょっと寂しい思いを感じながら、シンイチは食堂に向かう。

ところが、この日は何かが変だった。

「あれ？　メアリーとウンディーネと晴美は？　姿が見えないけど」

優雅に新聞を読みながら、朝食を食べている両親に聞く。

いつもならシンイチと一緒に食事を取るはずの彼女たちの姿が見えなかった。

「さあ。三人とも大事な用があると言って、有給休暇を取ったぞ」

「うふふ。みんな真剣な顔をしていたわね。何をしているのかしら」

じつに楽しそうな両親の様子を見て、シンイチは悪い予感を覚えた。

「え？　三人いっぺんに？　ど、どうしよう？」

シンイチがあたふたしていると、ニヤニヤと笑みを浮かべたシルフが飛んできて、シンイチの肩に止まった。

「どうするも何も、シンイチが全部代わりに仕事をするしかないでしょ？　彼女たちの上司なんだから」

「じょ、冗談じゃないよ。宰相と大将軍と劇場の支配人をいっぺんにするなんて無茶だよ！」

「まあまあ、私たちも手伝ってあげるから」

「しばらく、シンイチは仕事でどこにも行けなくなるな」

紀子と雅彦も笑っている。

（おかしい……絶対におかしい！　何かが起こっている）

釈然としないながらも、シンイチは彼女たちの仕事を押し付けられて、ヒノモト城から一歩も出られなくなるのだった。


そのころ、メアリーは人間各国を回っていた。

「ついにメアリー殿がシンイチ殿と結婚か！　めでたい！」

満面の笑みを浮かべる森の国ミールの王エリック。

「それで、じつはボクの後ろ盾になって欲しいんです。で、これを書いてください」

メアリーはある書類を差し出す。

「そんなもので良ければ、いくらでも書いて差し上げよう。おい、リチャードとフェルニー殿も呼べ！　それから大臣たちもだ。ええい、手の空いている者は誰でもよい！　みな集まれ！」

エリックは大喜びで王族や貴族、官僚たちを呼んで署名させる。

あっという間に書類は身分ある者たちの名前で埋まった。

「フェルニー王太子妃、それからリチャード王太子も、本当にありがとう！」

メアリーは真っ先に書いてくれたフェルニーの手を握って礼を言う。

「うふふ。お幸せに」

「メアリーさん、シンイチとお幸せに。通信魔石で知らせたから、各国でも準備してくれているよ！」

リチャードたちからも祝福される。

「ありがとう。みんな、結婚式には来てね！」

メアリーは手を振りながら、次の国に飛んでいく。

メアリーは同様のことを繰り返したが、どこの国でも歓迎され、進んで協力してもらえた。

「かわいいメアリー、絶対男の子を産めよ！　その子にフリージア皇国を継がせるんだからな！」

フリージア城ではカリグラにそう言われて、肩を叩かれる。

「メアリー殿下、おめでとうございます。これでヒノモト国も安泰です！」

シンイチの最大の協力者でもあるドンコイ伯爵も喜んでいた。

メアリーは多くの人に祝福され、幸せな気分を感じながらヒノモト国に帰っていった。


高架道路を通って、豪華な車が魔国のプラットホームに到着する。

車を運転していたサングラスをかけた女は、優雅なしぐさで車から降りた。

まるで劇場の歌姫のような美しい姿なので、周りから注目が集まる。

「お、おい。あの人を見ろよ！」

「綺麗でかっこいい。ナンパしようかな？」

魔族の若者たちがそんなことを話し合っていると、空からさらにもう一人の美少女が降りてきた。

「ウンディーネちゃん。いらっしゃい！　おめでとぅ～」

満面の笑みを浮かべて彼女に抱きついた美少女は、魔国では知らない者がいないほどの有名人だった。

「シルフィールド殿もお元気で。お変わりないですか？」

サングラスを取った美女が優しく微笑む。

「お、おい、空から来たのは魔王妃シルフィールド様だぜ！」

「車から降りてきたほうは、よく見たら、俺たちの水の魔族の長、魔公ウンディーネ様じゃないか！」

たちまちあたりは騒然となり、中には跪《ひざまず》く者まで現れる。

いきなりそんなことをされて、ウンディーネは決まり悪い思いをしている。

「あはは、早く新魔王城に行こうよ」

シルフィールドはウンディーネの手を取って、空に浮き上がった。

新魔王城

ウンディーネはまず魔王ノームに挨拶しようと玉座の間に向かったのだが、ノームの姿が見当たらなかった。

「ノーム殿はどうされたのですか？」

そう聞かれて、シルフィールドはばつの悪そうな顔をした。

「ええと……旦那はちょっと体調が悪いというか……」

「それはいけません。私が治療しましょう。ノーム殿はどちらにいらっしゃいますか？」

「は、はい。それではご案内させていただきます」

城のメイドがウンディーネを案内する。

そこは豪華ではあるが、目に優しい薄緑に統一された専用の病室だった。

「おお、ウンディーネ殿、久しぶりだ」

巨大なベッドに横たわっていたノームが起き出して笑顔を作る。

予想以上に元気そうで、ウンディーネは安心した。

「ノーム殿もお変わりなく。体調が悪いと聞いて心配しましたわ。私にぜひ治療させてください」

友好的な笑みを浮かべて申し出るウンディーネだったが、それを聞いてノームは少しあわてた。

「い、いや。病気というわけではないのだ。ただ、ちょっとな」

歯切れの悪いノーム。よく見ると、お腹がポコンと膨れている。

「あら？　美味しいものを食べ過ぎたとか？」

ノームのお腹を見て、ウンディーネは適当に言ってみた。

「そ、そうだ。ヒノモト国のピギー肉や、この間送ってもらったロブロール産の牛のステーキがうまくて、つい食べ過ぎてしまってな。シンイチ殿に礼を言っておいてくれ」

シンイチからの贈り物を食べ過ぎたと言い訳するノーム。

シルフィールドはそんな夫を見て、ニヤニヤと笑っていた。

さっそくウンディーネが本題を切り出す。

「ところで、お願いがあるのですが……」

そうしてある書類を取り出して、説明を加えた。それを聞いた二人が返答する。

「お安い御用だ。魔国中の有力者に働きかけて、署名するように命じよう」

「私も分身たちに頼むよ」

真っ先に署名し、魔王ノームと魔王妃シルフィールドは協力を申し出てくれた。

「ありがとうございます……うふふ。魔族や獣人族の方が私たちの結婚を祝福してくれれば、シンイチ様のおかげで、本当の意味で人間との和解が成立したという証《あかし》になりますね」

書類を愛おしそうに抱きしめてウンディーネは笑った。

ヒノモト国――劇場

「みんな、ありがとう。今日は重大な発表があります」

ステージを終えた晴美がそう言うと、劇場が静まり返った。

「じつは、私とお兄ちゃんは、血のつながりのない義理の兄妹でした」

衝撃のカミングアウトに、観客たちの息をのむ音が聞こえる。

「私はお兄ちゃんを愛しています。だから、妹を卒業して王妃になります！　聞いてください。

『シスター　TO　クイーン！』」

晴美の宣言とともに、バックミュージックが鳴り、晴美は歌いはじめた。

「Nooooo！　嫌だ！　そんなの嫌だ！」

ムンクの叫びのようになっている男性客たち。

「キャー！　素敵！　これこそ至高の兄妹愛！　ハルミ姫！　私たちは応援しています！」

女性客は感動して涙している。

反応の違いはあれ、皆ノリノリで沸き立っていた。

「私がお兄ちゃんと結婚するには、みんなの協力が必要です！　署名をお願いします」

劇場で観客たちに書類が配られる。

「ぐぅぅぅ！　ハルミ姫のお願いなら……断れねぇ！」

「勇者シンイチ様なら、ハルミ姫を大切にしてくれるわ！　私たちも協力する」

悔し涙を流しながら、あるいは感動の涙を流しながら、客たちは署名していった。

日本

「……それで、俺たちにも協力してほしいんですか？」

「お願いします」

大帝グループの会長室で、高校の制服を着た晴美がペコリと頭を下げる。

誠司は渋い顔で書類を見つめていた。

「いや、別に俺はいいんですがね。シンイチ君が可哀想で……」

誠司は強引に結婚を迫られているシンイチに対して、少し同情していた。

「誠司さん。お願いします。優柔不断なお兄ちゃんを、しっかり捕まえておきたいんです。この結婚を祝福してくれる人は日本にもいるぞって。すでにおじいちゃんたちにも協力してもらいました」

書類には両親はもちろん、祖父と祖母の名前もしっかりと書かれていた。

「だけど……」

「他の王妃候補には負けたくないんです。メアリーちゃんは人間国、ウンディーネさんは魔国から支持をもらっています。私も日本の代表としてがんばらないと」

晴美の言葉を聞いて、誠司は考え込む。

（確かに……シンイチ君がすべての中心になっているよな。オールフェイル世界との貿易量も年々増加しているし、莫大な利益が上がっている。オールフェイル世界のことはいずれ公表する必要があるが、そのときに日本人である晴美さんが王妃の一人であるという事実は有利かもしれない）

将来のメリットを考え、誠司は自分たち大帝グループが晴美を後押しする必要があるという結論に至った。

「わかりました。あと、政治家の知り合いがいますので、彼らにも協力してもらいましょう。晴美さんが我々日本との架け橋になっていただければ」

「ふふふ、任せてください」

晴美は自分の胸をドンと叩く。誠司は苦笑しながら書類にサインした。

ヒノモト国——城下町

一人のメイド服を着た少女が歩いている。

ヒノモト城下町にできた商店街『ブレイブロード』の店主たちが、次々と彼女に声をかけていく。

「アンリちゃん。今日はおつかいかい？」

「ホープ町から入った新鮮な魚があるよ。食べていきな？」

「ロブロール産の牛肉ハンバーグを焼いたよ。試食してみてくれ！」

皆アンリをかわいがろうとする。彼女は城下町の人々から絶大な人気を誇っていた。

さらに彼女の母親、ショリが経営する『勇者の宿』は、いまでは城下町一の繁盛店であり、そのショリは商工会議所の会長を務めていた。そのため商店街の店主たちから、アンリは自分たち一般庶民の代表のように捉えられていた。

「おじちゃんたち、ありがとう。でも、今日は頼み事があるの」

潤んだ目でキューンと鳴きながらおねだりしてくるアンリに、親父たちは相好《そうごう》を崩す。

「何でも言ってくれ！　俺たちに任せな！」

たちまちアンリの周りに何人ものおっさんたちが集まってきた。アンリがひと通り説明をする。

「なるほど……結婚ねぇ」

「ちょっとアンリちゃんには早いんじゃねえか？　いくらシンイチ様が少女好きだといってもなぁ」

常日頃から、アンリを娘のように思っているおっさんたちが腕を組んで唸っている。将来の話ならともかく、わずか十二歳のアンリが嫁に行くのは早いといった気持ちだった。

「あんた！　何言ってんだい！　愛に年齢は関係ないよ！」

「お父ちゃん！　アンリちゃんが王様と結婚するってことは、この国には身分の差別がないっていうことの証明になるんだよ！　私たちみたいな庶民が協力してあげないで、誰がアンリちゃんの味方になってあげられるの？　他の王妃候補は、フリージア皇国の王女メアリー様、四大魔公のウンディーネ様、勇者の一族であるハルミ姫様みたいに、もともと身分が高い人たちなんだよ！」

　商店街の女性たちから責められ、おっさんたちは決まり悪そうに顔を見合わせた。

「仕方ねぇ。ちょっと早いが、俺たちの手でアンリちゃんを立派に嫁に送り出してやろうぜ！」

「おう！」

　商店街の親父たちも協力し、街中の人に頼み込んで署名を集める。

　こうして、シンイチ自身は何一つ知らないまま、彼を追い詰める作戦は完了したのだった。

一週間後

「シンイチ様、お誕生日おめでとうございます」

「シンイチ、十九歳の誕生日おめでとう」

　着飾ったドレスを着たウンディーネやメアリーのほか、婚約者たちが祝ってくれる。

　一週間の有給休暇を取った彼女たちは、怖いくらい上機嫌だった。

「あ、ありがとう。でもこんな盛大なお祭りにしなくていいのに」

感謝しながらも困惑するシンイチ。思っていたより豪華なパーティが行われ、知らない間に国を挙げてのお祭りになっていた。

「ヒノモト国はできたばっかりだからね。祝日が少ないから、みんなお祝いをしたいんだよ」

ひらひらと飛び回りながらシルフが言う。

じつはすでに、誕生日の祝いに加えて重大発表があると国民には周知されていた。

それはつまり、今日は単なる誕生日パーティではなく、国王の結婚の発表式でもあるということである。

まったく何も知らないのはシンイチだけであった。

「なんか、それだけじゃないような……ま、いいか。みんな、ありがとう」

シンイチの音頭で乾杯すると、ヒノモト城は歓声に包まれた。

「お兄ちゃん。おめでとう」

「おめでとー」

着飾った晴美とアンリが両腕に抱きついてくる。

「ありがとう。お前たちの誕生日もお祝いしないといけないな」

顔をほころばせて二人の頭をなでるシンイチ。二人は白いドレスに身を包み、可憐さが引き立てられていた。

「ねえねえ、お兄ちゃん。これプレゼントなの」

満面の笑みを浮かべた晴美が、リボンがかけられた薄い包みを手渡す。

「私たちからもプレゼントです」

ウンディーネ、メアリー、そしてアンリからも同じような包みが手渡された。

「……なんでみんな同じような物なの？　中を見ていい？」

触った感じでは本のようだが、何やら怪しいのでシンイチは首をかしげた。

「もうちょっと待ってくださいね。お父様から発表がありますので……開けるのはそのあとで」

ウンディーネがウインクする。他の三人もじつに楽しそうであった。

祝福されてはいたが、皆隠し事をしているようなのでシンイチは不安な気持ちになってしまう。

国王の父であり財務大臣である雅彦が姿を見せ、パーティの壇上に立った。

「さて、お集まりの皆様にお知らせしたいことがあります。我が息子、シンイチ王に生涯最高のプレゼントが渡されました。皆様は証人として、この場にお立ち会いください」

雅彦がマイクでそう伝えると、参加者の視線がいっせいにシンイチたちに向けられ、なぜか全員ニヤニヤと笑っていた。シンイチの背筋が冷たくなる。

「さあ、シンイチ様、開けてみてください」

「シンイチ、早く早く～」

「うふふ。楽しみ。これからお兄ちゃんじゃなくて、旦那様になるのか～」

「お兄ちゃん。これからもよろしくね」

ウンディーネ、メアリー、晴美、アンリの四人の美女美少女に完全に包囲されて、シンイチにプレッシャーがかかる。震える手で四枚の包みを開けると、後見人名簿と書かれた薄い本と、ヒノモト国の婚姻届が出てきた。

「こ、これって……みんな同じ！　しかもアンリのものまで！」

出てきた婚姻届を見て、シンイチの顔が青ざめる。

そんな息子の様子を気にすることもなく、雅彦は楽しそうに続ける。

「さあ……四人の王妃候補から渡されたのは、我が国の婚姻届です。なんと、自分の身そのものをシンイチにプレゼントされました。果たして王は受け取るのでしょうか」

「おやぢぃぃぃぃぃぃぃぃぃぃぃぃ　なんということをーーーーーー！」

煽る雅彦に向かってシンイチは絶叫するが、その声は沸き上がった歓声にかき消されてしまった。

「ウンディーネ王妃様万歳!!」

ウンディーネの関係者である魔族の国民が喜びの声を上げる。

「メアリー王妃様!!　俺たちの希望」

次いでメアリーと縁の深い魔族、獣人族、人間の兵士たちが祝福する。

「ハルミ姫!!　禁断の妹王妃の誕生よーーー！」

歌劇でハルミのファンになった女の子たちが黄色い声を上げる。

「うう。アンリちゃん！　ちくしょう！　娘のように思っていたのに！　大切にしてくれ～」

アンリをわが娘のようにかわいがっていた目を血走らせたおっさんたちの一団が腕を振り上げる。

こうしてヒノモト城は国民の祝福の声に包まれるのだった。

呆然としているシンイチに、料理大臣であり、国王の母でもある、紀子が近寄る。

「はい。これ実印とペン。あとはシンイチ君がサインするだけよ」

渡された印鑑は、厳重にウンディーネが管理していたはずのヒノモト国の国璽《こくじ》だった。

「母さんまで……みんなグルだったのかよ！」

「私たち、早く孫の顔を見たいの。ふふ、頑張ればひ孫、玄孫《やしゃご》にまで会えるかもね」

紀子は心底楽しそうにしている。

「さ、シンイチ。名前のとこだけでいいよ。ほかは全部書いてあるから」

メアリーが自分の婚姻届を広げる。婚姻届はこれでもかと細かく書き込まれていて、シンイチが書くところは名前と印鑑部分だけとなっていた。

「そ、そんないきなり……」

「いきなりじゃないよ。悪いけど、シンイチに内緒でみんなに協力してもらってたんだよ」

そう言ってメアリーがうれしそうに本を開く。そこには、メアリーの後見人として、カリグラをはじめとするすべての人間国の国王、王族、貴族の名前がびっしりと書かれていた。

「な、なんで各国の王様の名前が……リチャードやウェルニアさん、ドンコイさんまで……」

「みんなに頼んだら、快く後見人になってくれたよ」

ニコッと笑うメアリー。シンイチは何ページにも及ぶ署名を眺めながら、無言のプレッシャーを感じていた。

とうとうシンイチは震える手で、婚姻届に自分の名前を書いた。

「やったー！　これでボクは今日から正式な王妃だーーー！」

喜ぶメアリーに続いて、ウンディーネが婚姻届を差し出す。

「これから、末永くよろしくお願いします。我が君」

頬を染めて微笑むウンディーネ。メアリーと同じように後見人の名前が書かれている本が開かれると、そこには魔王ノームと魔王妃シルフィールド、そして魔国の貴族たちの名前がずらっと並んでいた。

「……みんなして、そんなに俺を追い詰めたいの？」

もはやシンイチは半泣き状態であった。呆然としたまま署名する。

「お兄ちゃん。いえ、ア・ナ・タ♪　これからずっと一緒だね♪」

さらに続けて、晴美が喜色満面の笑顔で婚姻届を差し出す。後見人が書かれた本には、もちろん財務大臣雅彦と、料理大臣の紀子の署名、そして祖父母の署名がある。

それだけではなく、大帝グループ会長の井山誠司や『興誠組《こうせいぐみ》』の組員、さらには晴美のファンまでコメント付きで署名していた。

【シンイチ君、あきらめろ】

【晴美さんを泣かしたら、俺たち一同許しまへんぜ！】

【ハルミ姫～嫌だ！　けど仕方ねぇ～。ところで、新しい呪いのアイテムを手に入れました】

【ハルミ姫をよろしく！　私たち祝福します】

それらを読みながらシンイチは、青息吐息である。

「俺は一生お兄ちゃんでいたかった。父さんも母さんも爺ちゃん婆ちゃんも、誠司さんもみんなみんな大キライだ！」

そう言いながらも虚ろな目をしたシンイチは、ロボットのように署名した。

そして最大の難敵がシンイチの前に立ちふさがった。

「……兄ちゃん。えっと、私もよろしく……」

アンリがおずおずと婚姻届を差し出す。不安なのか、犬耳も尻尾もしょんぼりと垂れていた。

「なんでアンリまで……まだ十二歳なのに早すぎるよ……」

「お姉ちゃんたちと一緒に結婚式したいの……その、私は身分が低いから、お兄ちゃんのお嫁さんにはふさわしくないかもしれないけど……」

後見人の本には商工会議所長ショリのほか、何百人もの城下町の人たちの署名があった。

「……いや、身分なんかまったく関係ないんだけど……ちょっとアンリだけは勘弁……」

なかなかサインしてくれないシンイチに、アンリの顔がみるみるうちに曇っていく。そして目に涙を浮かべはじめた。

それを見たメアリー、ウンディーネ、晴美がシンイチをにらみつける。

「シンイチ様……アンリちゃんは私たちの家族ですよ。アンリちゃんだけ仲間はずれにするなんて」

「シンイチってそんなに冷たい人だったんだ」

「同じ妹分として、アンリちゃんが差別されるのは許せないよね」

新しく王妃になった三人が、シンイチを三方から囲んでプレッシャーを与えてくる。あわててシンイチが言い訳を口にする。

「問題はアンリの年齢なんだけど……」

シンイチが言い終えるやいなや、城下町の住人たちがアンリの背後に立った。

「シンイチ陛下、アンリちゃんをお願いします。彼女は俺たち、庶民の希望なんです」

「たとえ陛下が少女好きだからって、俺たちの忠誠心は揺るぎませんから！」

野太い声を上げて、城下町の親父たちが喚《わめ》き立てる。

いつの間にか、この場にいる者たちすべてがシンイチをジト目で見ていた。

「だからそれは誤解だってば！　ねえ、俺王様だよね！　何で空気を読めって目つきで俺を見るの？　俺の意思は？」

シンイチは往生際悪く抵抗するが、もはやその場にいる全員から冷たい目で見られていた。

「わ、わかったよ。ええい！　もうこうなったら三人も四人も一緒だ」

ついに観念してアンリの婚姻届にも署名すると、アンリに手渡した。

「本当？　良かったーーー」

大喜びするアンリを、シンイチはあきらめたようになでる。

すべての婚姻届にサインされたのを見届けた雅彦が声高らかに告げる。

「さあ、シンイチ王は四人の王妃との結婚を承諾しました!!　おめでとう!!　結婚式は一ヵ月後です。我がヒノモト国のさらなる発展を願って、今宵は心行くまで楽しみましょう」

シンイチたち五人は拍手に包まれた。

この日、パーティは夜通し繰り広げられ、一ヵ月後に結婚式が開かれることが全国民に公布される。

国民は新たな王妃たちを祝福し、その日を待ち望むのだった。

『極魔の洞窟』——地下一九九階

一方そのころ、光司たちは宝箱から出てきた物に巻かれた布きれを、丁寧に取り除いていた。

ようやく現れたその物体を一目見るなり、光司は失望を見せる。

「これが究極の秘宝……？　なんだこりゃ。またガラクタか？」

それは、何の変哲もないただ汚いだけのハンマーのようなものだった。

そんな光司とは対照的に、愛はキラキラとした目で秘宝を見つめている。

「バカね。それは紛れもなく究極の秘宝よ。たぶん日本人なら誰でも知っているはず。本当に見てもわからないの？」

突き離すように愛に言われ、光司は気分を害したように吐き捨てる。

「ふん。ただの汚いハンマーじゃねぇか。こんなのいらねぇ」

「ば、馬鹿！」

光司がぽいっと投げ捨てたハンマーに、愛は死に物狂いで手を伸ばす。なんとか地面に落ちる前にキャッチすることができた。

「危ないわね！　転送されたらどうするのよ！」

本気で怒鳴る愛に、光司はひるむ。

「ご、ごめん。でもマジでこれなんなんだ？　さっぱりわからねぇ」

「仕方ないわね。なら、試してみましょうか。いま一番欲しい物を思い浮かべて、その小槌《こづち》を振ってご覧なさい」

「欲しい物……か。防具だな。結局もう一つの俺の相棒の『皇金の鎧』は見つからなかったし」

光司が伝説の防具を思い浮かべながら小槌を振る。すると小槌から光が発せられ、何かが現れた。

「こ……これは？」

目を見開いて驚く光司。なぜなら、その光の中から現われたのは『皇金の鎧』だったからだ。

「こ、この小槌って……まさかあの伝説の……」

「ええ。やっとわかったのね。大暗黒天が持つ『打出《うちで》の小槌』よ。一寸法師《いっすんぼうし》の御伽噺《おとぎばなし》でも有名よね。まさに道具袋と対になる秘宝だわ。道具袋はあらゆる物を収納する。対して『打出の小槌』はあらゆる物を取り寄せる」

そう言って楽しそうに小槌を見つめる愛。

「すげえ、すげえぜ‼　どんなものでも取り寄せられるとは！　これさえあれば、世界征服すらたやすいぜ！　金銀財宝出てこい‼」

調子に乗った光司はさっそく小槌を振ってみた。たちまち部屋は金銀財宝で満たされる。

「す、すごいわね。ところでどうやってこの金銀財宝を運ぶつもり？」

「うっ……そ、そうか」

愛の冷静なツッコミに頭をかく光司。部屋中に金銀財宝があふれさせてみても、持ち運ぶ方法がないのである。

「ちくしょう。こんなときに道具袋があれば、全部持っていけるのにな」

「どっちみち、お金はギルドからいくらでももらえるんだから無意味よ。それより、もっと価値のあるものを引き寄せましょう。そうね、私が前世で使っていた『女神の杖』を出してみて」

「任せろ。『女神の杖』来い」

光司が小槌を振っても、まったく反応がなかった。彼はむっとした表情を見せ、乱暴に振り続けた。

「おい!!　聞こえないのか!!　『女神の杖』来い！」

小槌を何度振っても、『女神の杖』は現れなかった。

そのときである。突然後ろから声をかけられた。

「ふふ、無駄よ。その『打出の小槌』には、ロックがかかっているわ」

あわてて振り向くと、占い師のディオサが不気味な笑みを浮かべて立っていた。

「お前、ここは『極魔の洞窟』の一九九階だぞ。こんな深いところまで、どうやって来られたんだ？」

「ふふ、私は『世界を見渡す者』。この世界ならどこにでも現れることができるのよ。あなたたちの冒険もすべて見ていたわ。ついに秘宝を手に入れたのね。おめでとう」

そう言ってディオサがパチパチと拍手する。二人は状況をうまく整理できず微妙な表情で彼女を見つめていた。

不快そうに愛がぼやく。

「ホント、あなたって気味が悪いわね。一体何者なのよ？」

愛はなぜか彼女の手のひらの上で、踊らされているような気がしていた。光司がディオサに話しかける。

「まあいい。それで、ロックがかかっているって？　そんなもの誰がかけたんだ？」

「あなた自身よ。正確に言えばあなたの理性が主導権を握っていた過去世のときに、自ら制限をかけたの。その『打出の小槌』は、所有者がいなくなった物しか取り寄せられないように設定されているわ。いま『女神の杖』は誰かに所有されているのよ。だから取り寄せられないってわけ」

「なんでそんなことをしたんだよ」

いまの光司にはそんな余計なことをする意味がわからなかった。

「当然でしょ。無制限に全世界の物を取り寄せられるようにしたら、世界は混乱して戦乱の世になるわ。たとえば、せっかく作った物が全部理不尽に取り上げられたら、誰も物を作らなくなったりするでしょ。究極の秘宝はあまりにも力が強すぎるのよ」

ディオサが理由を説明するが、光司は納得しない。

「そんなのどうでもいいじゃねえか。誰が困ろうが俺には関係ないことだ。すぐロックをはずせ！」

『炎の剣』を取り出して、八つ当たりのようにディオサに迫る光司。しかし、彼女は落ち着いていた。

「ふふ。さすがはあの神の本能ね。情動がすさまじいわ。でも、私には通じないわよ」

「ぬかせ!!」

光司はいきなり『炎の剣』で、ディオサの体を突き刺す。

「ちょ、ちょっと光司。殺してどうするのよ。ロックをはずす方法を聞き出さないと」

焦った愛が止めに入ったが、すでにディオサの体は炎に包まれ、そのままチリになってしまった。

しかし次の瞬間、どこからともなくディオサのあざ笑うような声が響きわたった。

「ふふ。心配無用よ。たとえ神の力をもってしても、この世界では私を滅ぼせない。私は不死の女」

ひとりでにチリが集まり、瞬く間に元の妖艶な美女の姿が復活する。

「て、てめえ……気持ちわりい！　死にやがれ！」

光司は破壊神の力を全開にしてディオサをさらに攻撃する。しかし、雷を放っても、暗黒に吸い込ませても何度でも復活してくる。

「て、てめえ……本当に何者なんだよ。神である俺に滅ぼせない存在がいるとは……」

気味悪がる光司の様子を見て、ディオサは馬鹿にしたように笑う。

「気が済んだ？　ならさっさと話を進めましょう」

本当に何をしてもディオサは死なないらしい。とうとう光司はあきらめて剣をしまった。

「それじゃ、改めてアドバイスをしてあげるわ。あなたの半身が勇者シンイチであることは本能的に感じてるんじゃない？」

「ああ、不本意ながらな」

光司は心底嫌そうにしながら、シンイチが自分の魂の片割れであることをしぶしぶと認める。

「あなたは本能と力を司る『荒魂《あらみたま》』。破壊神としての側面ね。でも、あの神にはもう一つの側面があるわ。人を癒し、人をつなげ、人に財福を与える救世神としての側面。勇者シンイチは理性と知恵を司る『和魂《にぎみたま》』よ。だからあなたとは相性が悪いのかしら」

「関係ねえよ。俺はあいつが気に入らないだけだ」

光司は憮然として言う。

「通常、理性は本能を抑えるわ。だから、両方の魂を持った完全体の時代に、理性が『打出の小槌』に制御をかけたのよ。持ち主がいる物まで召喚して困らせないようにってね」

「余計なことをしやがって……あとで自分が困るとは考えなかったのかよ……」

ブツブツと文句を言う光司。

「それでどうするの？『打出の小槌』の制御権は『理性』の魂であるシンイチにあるわ。あなたが完全体になり、ロックをはずして主導権を握るためには、シンイチの魂が必要よ」

「やってやろうじゃねえか」

「私も手伝うわ。ふふ、あいつのすべてを奪ってやりましょう」

光司と愛の二人があらためて闘志を燃やすと、ディオサは面白そうにその姿を見つめていた。

「秘宝を見つけたそうで……おめでとうございますじゃ」

応接室で冷たい汗をぬぐいながらマッチョジーがお祝いを言う。本音では少しもおめでたくなかったが、光司に逆らっても無駄なのでおべっかを使ったのである。

「おう。これで勇者シンイチと装備的にも互角、いや勝《まさ》っているぜ」

小汚い小槌を振り回しながら、笑みを浮かべる光司。

一ヶ月も経たない間に二人の装備は格段によくなり、まさに伝説の勇者と伝説の魔道士と呼ぶにふさわしいものになっていた。それに加えて、一ヶ月前から別人のように二人のレベルが上がった。マッチョジーがこうやって相対していても、すさまじい魔力が二人を包んでいるのが感じられる。

（はあ……とうとう伝説の秘宝を取られてしまった。こんなことなら、あの時点で毒殺しておいたほうがよかったかもしれんわい）

胸の内でため息を吐くマッチョジー。

すでに二人によって『極魔の洞窟』は荒らし尽くされていた。冒険者たちからは、『極魔の洞窟』の宝箱の中身が補充されないと苦情が来ている。

光司たちとハイエナたちが宝物を取り尽くしたあとは、何も入ってない空箱がむなしく残るだけであった。

（『極魔の洞窟』の宝物の売買は、ギルドの重要な資金源であり、この街を支える産業そのものじゃったのに……このままじゃギルド自体が破滅じゃ）

マッチョジーが苦悩するのは無理もない。宝物があってこその洞窟であり、またその取引による利益はギルドに残された最後の収入源であった。これではギルドの命に止《とど》めを刺されたも同然だった。

愛が高らかに告げる。

「さて、それじゃ、いよいよシンイチとの対決よ。ヒノモト国に乗り込みましょう」

「おう！　シンイチを倒してヒノモト国を乗っ取ったら、お前にも充分報いてやるからな。何がいい？」

無邪気な顔をして光司が尋ねる。マッチョジーは考え込んだ。

「そうですな……」

不完全とはいえ究極の秘宝を手に入れた二人には、確かにシンイチに勝つ可能性もあった。

(ふむ……ここは賭けに乗るべきか。どのみち、ダンジョンを維持するための究極の秘宝までとられてしまったのだ。もはや冒険者たちをギルドにつなぎ止める手段は完全に失われた。このままでは冒険者ギルドは破滅じゃ。ここは協力して、ともに世界を征服するべきかもしれん)

考えがまとまると、マッチョジーは光司たちへ深く頭を下げる。

「では、ワシらを家臣として雇ってくだされ。ワシが宰相となり、冒険者たちをまとめあげます。彼らに、真の勇者に忠誠を誓わせましょう。ふふふ、冒険者たちには力を持つ者が多数います。お師匠様たちのよい部下となるでしょう」

「おお、それは頼もしいな。よろしく頼むぜ」

光司は豪快に笑う。

こうして冒険者ギルドは世界征服の野望へと、動きはじめるのであった。


深夜、ひそかにギルドに有力な冒険者チームが集められた。

彼らを前にマッチョジジーが話す。

「よいな。お前たちが冒険者たちを率いてヒノモト国を占領するのじゃ。お前たちの弟子や配下のチームに知らせておけ」

ここは誰にも探られないように、強力な結界を張った隠し部屋である。命令を受け、高ランク冒険者チームのリーダーたちが、次々と口を開く。

「なるほど、ヒノモト国を乗っ取る……のですか」

「悪くはないな。というよりも、もう我々には他に方法はない」

あるAランク冒険者チームのリーダーが頷く。

高位の冒険者ほど、最近の仕事の減少を肌で感じており、危機感を持っていた。

冒険者という職そのものの存在価値がなくなっていくことに加え、ついに『極魔の洞窟』すらクリアされてしまった。

冒険者たちは全員失業したも同然である。

別の仕事を見つけたり各国の兵士に転職したりしている者もいるが、もともと自由人の気風《きっぷ》が強い冒険者たちには適応できない者も多い。特にランクが上がれば上がるほどその傾向が強くなる。

「それで、成功したあとの報酬は？」

この中でもっともランクが高い、SSランクの冒険者がマッチョジーに質問をぶつける。

「ふむ。伝説の勇者の転生者であるトモノリ国王のもと、宰相であるワシから爵位を与え貴族にしてやろう。もちろん、そのあとの働き次第で、領地も地位も各国から切り取り放題、思いのままじゃ」

マッチョジーから投げかけられた甘い餌に冒険者たちは目の色を変える。

「ホ、ホントですか？　俺たちは平民ですが、いいんですか」

「国が興《おこ》るとき、同時に人も興《おこ》るのじゃ。この機会をつかみ、子々孫々《ししそんそん》にいたるまで栄華を極めるか、命を惜しんで路傍《ろぼう》の石として空しく死んでいくか……すべてお前たち次第じゃ。お前たちの部下や後輩たちにも、騎士の地位をくれてやろう」

さらに冒険者たちは沸き立つ。

「わ、わかりました。我々も協力させていただきます」

高待遇を約束された彼ら冒険者たちは、勇者……というよりギルドに忠誠を誓うのだった。

最後に先ほどのSSランク冒険者に向かって、マッチョジーが敬語で話しかける。

「どうですかな？　イワン様には魔王の地位を約束しますじゃ」

「……ふん。いいだろう。俺も魔国の現状に不満を持っている。いまの魔王ノームに魔族を任せておくわけにはいかん……わかった。協力しよう」

イワンは、最強の冒険者ベルガンサと同等以上の力を持っている。これですべての冒険者たちの同意を得たマッチョジーは着々と準備を進めていった。

冒険者ギルドが長年積み上げた信用力を使い、世界中から必要なものを取り寄せる。

「アレも用意をしておるじゃろうな」

「はい。すでに買い占めております」

「金はいくら使っても構わんぞ。この際じゃ『錬金の杖』を使って金貨を作ってばら撒け。どちらにせよ、これに失敗したらギルドの歴史が終わるのじゃ」

間近に迫った、シンイチの結婚式の日に行動を起こすことを決め、準備を進めるギルド。

シンイチの知らないところで密かに陰謀が進められていった。


結婚式の数日前から、各国の王族がヒノモト城に集まっていた。

城内のサロンでは、人間族、魔族、獣人族などのほか、誠司たち日本の異世界人たちが集まり、各々歓談していた。

「おめでとう。やっと夢がかなったね～」

「おめでとうございます。メアリー王妃様」

湖沼の国の王妃リップルと、大地の国の王太子妃フェルニーがメアリーに抱きついて、祝福の言葉を伝える。

「ありがとう。二人とも来てくれて、本当に嬉しいよ」

一足先に結婚した二人に祝福されて、メアリーは嬉しそうに微笑んだ。アンリも無邪気な笑みを浮かべて告げる。

「お姉ちゃんたち、来てくれてありがとう」

「ふふ、おめでとう。アンリさんがやっと結婚してくれて、安心できますわ」

以前夫のリチャードの少女趣味を疑っていたフェルニーは、わだかまりが解けた様子でアンリの頭をなでた。

「それにしても、二人とももう少しでお母さんになるんだね。どんな感じなの？」

二人の膨らんだお腹を見ながら、メアリーが羨《うらや》むように質問する。

「うふふ。もう動いているんですよ。触ってみますか？」

「ここに赤ちゃんがいるって変な感じだけど、とっても愛しく思えるんだよ～。この子には平和な世界ですくすくと育って欲しいね」

フェルニーとリップルが笑って答えると、そのお腹を興味深そうにアンリが触った。

一方シンイチは、自分と同世代の王や王子たちと話し込んでいた。

「リチャードやラックも父親になったのかあ。どんな気分？」

そもそもシンイチには、自分が夫になるということさえ実感がなかった。

「まあ、僕も正直よくわからないんだけどね。でも、自分の子が生まれるって何だか嬉しいよ」

そう言ってリチャードは照れている。

「親として王としてしっかりしないとな。責任重大だよ」

湖沼の国の王ラックは、少し凛々《りり》しい感じになっている。

シンイチは、二人が家庭を持ったことで自分よりオトナになってしまったなと思い、少し寂しく思った。そのとき、魔国から結婚式の出席者が到着する。

「シンイチ殿たち、久しぶりだ」

「キャハハ、久しぶりだね～。元気していた？」

魔王ノームと魔王妃シルフィールドがサロンに入ってきた。

「ノームさん。お久しぶり……え？」

ノームを一目見て、シンイチは首をかしげた。

「え？　こ、これは？」

リチャードやラックも目を点にして、フリーズしていた。

「三人とも、どうしたのだ。ああ、これはノーム殿……ん？」

三人に近づいてきたウェルニアも、ノームを見て沈黙してしまった。

「皆さん、どうなされ……ゲェッ！」

ドンコイはノームを一目見るなり、恐怖の叫び声を上げた。

なんと、ノームは特大のマタニティドレスをまとっており、妊婦のようにお腹が膨れていたのである。

男性陣に思いっきり引かれて、気まずそうな顔を見せるノーム。

「ほら。やはり引かれたではないか。この格好はまずいだろう」

憮然として隣の魔王妃シルフィールドに話しかける。

「え〜？　せっかく日本からＸＸＸＸＬサイズの最高級マタニティドレスを取り寄せたのに。でも、その服は楽でしょう？」

「楽だが……本来余が着るべき服ではないような……？」

「何言ってんの？　いま着ないでいつ着るんだよ〜。ほら、魔王なんだから、堂々としてて」

そう言いながら、シルフィールドはキャハハハと笑っている。

「おめでと〜。風の精霊史上、一度も起こったことがない奇跡だよね。実体を持った子供かぁ！」

森の国の守護精霊フォレストと、海の国の守護精霊セラフィが現れ、ノームを祝福する。

「キャハハハ。話には聞いてたけど無茶苦茶やっちゃったね〜。あー面白い」

もちろんシルフもこのことは知っていて、嬉しそうに飛び回っていた。

シンイチが恐る恐るノームの前に進み出る。

「あ、あの……その……えっと……」

「うふふ。ついに私たちにも子供ができたんだよ〜」

シルフィールドの言葉に、サロンは静寂に包まれた。

魔王ノームは渋くて貫禄がある老人の魔族だ。誰がどう見たって女性には見えない。

それが妊娠しているのである。

魔王が。男が。おっさんが。

「あの、えっと……」

シンイチはどこから突っ込んでいいのか言葉につまっていた。同じようにサロンの誰もが聞きたい状態に陥っている。

「シルフィールド。説明してやってくれ。視線が痛い」

さすがに耐えきれなくなったノームが嘆願すると、シルフィールドは笑いながら話しはじめた。

話は、仮想世界シルフワールドが解放された直後にさかのぼる。

ノームはシルフィールドに連れられ、シルフワールドに遊びに来ていた。

ゲームの中で勇者となって魔王を討伐したり、現代の都市を巡って美味しい料理に舌鼓を打ったりと、娯楽を楽しんだ。

「わはは、どんどん酒を持って来い」

終いには、料亭で芸者の格好をしたシルフＯＳに囲まれながら、しこたま酒を飲みはじめる。

「やっぱり旦那はストレスたまってたんだね～」

「自分では気がつかなかったが、魔王としての責任を感じて無理をしておったようだ。ふふ、普段は魔王のこんなだらしない様子を家臣に見せるわけにもいかぬからな」

浴衣を着て芸者をはべらせたノームは、気づくと野球拳に熱中していた。

「あそれ、やぁきゅうするなら、こうゆうぐあいにしゃさんせ。アウト、セーフ、よよいのよい！勝った！」

芸者シルフＯＳの和服の帯をひっぱり、ぐるぐると回す。

「あれ～お戯《たわむ》れを！　うふふ、お館《やかた》様、お若いわ～」

シルフィールドの分身シルフのさらに分身である、シルフＯＳたちとオイタをして遊んでいる。一応妻シルフィールドの分身と言えるので浮気ではなく、シルフィールドもにこにこと笑ってノームを見守っていた。

いつしかすっかり酔ってしまったノームは、料亭を出るころには千鳥足になっていた。

朦朧《もうろう》としながら、シルフィールドに支えられて歩く。

「ふにゃ～ここはなんら？」

二人はいつの間にか、妖しい雰囲気の漂う路地を歩いていた。周囲には豪華な城のような建物が立ち並んでいる。

「ああ、カップルが仲良くするところだよ。ここで休んでいく？」

「行くのら～」

こうして二人は『ハネムーン』と看板が出ているホテルに入っていった。

安らかに眠るノームの頭を、シルフィールドが優しくなでている。

ホテルの回転ベッドの上では、服を着替えたシルフィールドが添い寝をしていた。そうしてノームに愛情を込めてキスをする。

「よーし。それじゃ子作りをはじめちゃうよ。魂融合魔法『魂結《タマユウ》』」

これは、シルフワールドができてから、シルフィールドがずっと開発してきた子供を生み出す魔法であった。魔法がかかった二人の体から白い煙が出て混ざり合い、一つの玉になった。

「ふふ。これで新しい魂ができた。旦那には悪いけど、私には実体がないからこうするしかないんだ……でも、許してくれるよね。八百年近く生きていても実子ができなかったことを、嘆いていたもんね……」

そうして、白い光を発する玉をノームの腹に入れる。

「よし。うまくいった。次は『分身《クローン》』の魔法をかけて……」

魔法の成功ににんまりと笑みを浮かべるシルフィールド。

それからしばらくしてノームが目を覚ますと、腹に新しい命が宿っていることを知り、絶叫するのだった。

「……という怒るに怒れぬ事情があったわけだ。この腹には余と魔王妃の子が宿っている。うれしいのか悲しいのか……余にもわからん」

「は、はあ……おめでとうございます」

シンイチは微妙な顔をしながらもお祝いの言葉を述べたが、他の男たちはノームから離れ出していた。

「あ、あの、みなさん？」

シンイチが彼らに近づくと、仲間内でヒソヒソと話し合う声が聞こえてくる。

「男が……妊娠だと？　恐ろしい……」

「これからとんでもないことが起こるような……」

男たちは魔王ノームを恐怖の目で見ていた。彼らは以前とまったく違う種類の、より深刻な恐怖を魔王に対して感じていた。

ノームは男たちから仲間はずれにされて、悲しそうな顔を見せる。

「うむ……同じ男として気持ちはわかるのだが、そんなに恐れなくても……」

思わず拗《す》ねてしまうノームだったが、誰かに優しく手を握られる。

「ノーム様。あんな男たちなんか気にしなくてもいいよ。ふふ、私たち、妊娠仲間だね」

手を握ったのは、湖沼の国の王妃リップルだった。

「リップル殿？」

「難しい決断だったのに、よく産む決心をしたよね。私、尊敬するよ」

大地の国の王太子妃フェルニーも、満面の笑みを浮かべてノームの手を取った。

瞬く間にノームの周りには女性たちが集まってくる。サロンにいた女性たちは魔王ノームを取り囲んで祝福し、逃げ出した男たちに冷たい目を向けていた。

「さ、ノーム殿、こちらにいらしてください。妊夫《にんぷ》なのですから安静になされないと。お体によいレモンティーをお入れしますわ」

ウンディーネが、ほかにも妊婦たちがいる楽な椅子のある席にノームを招く。

「う、うむ。いただこう。ふむ……これは旨い。最近妙にすっぱい物が欲しくてな……」

「お気になさらず。妊娠中はそのようになるものですわ」

「そ、そうか」

ノームは安心した顔をしていると、メアリーがノームに近づく。

「ノームさん、お腹に触っていい？」

「あ、ああ、いいぞ」

メアリーが無邪気にノームの腹をなでる。

「私も！」

「私にも！」

サロンにいた女性たちは、代わる代わるノームのお腹をさわっては歓声を上げた。

「ごめんなさい。私は魔王様のことがちょっと怖かったんですが……」

「ふふ、ノーム様が妊娠しているのを見て、なんだか親しみを持てました。お友達になりましょう」

いままで魔王を敬遠していた女性たちが、次々とノームを取り囲んでいく。

（よ、余の人生でこれほど女性にモテたことはなかったな……）

多くの女性に囲まれ、大ハーレム状態の魔王ノームだった。

「……神をも恐れぬ暴挙ですな……光の聖霊様は何をしているのか？　……いや、魔王様なのだから、神の摂理に反逆する使命があるのかも……だ、だが……」

ドンコイはずっと小難しいことを考えながら恐怖に震えていた。

「確かに大地の精霊は万物の母……その直系であるノーム様が新たな命を生み出してもおかしくはない。でも、いくらなんでも……」

山の国の王ヘイホーはノームの妊娠した姿を見つめながら苦悩していた。

ノームの懐妊《かいにん》は本来ならめでたいことである。しかし、男性ホルモンがあふれているようなドワーフ族にとって、男が出産するということを受け入れるのは苦痛であった。

「シンイチ……なんとかしろよ。魔王の問題は勇者が解決すべきだろ……」

カリグラがシンイチをつつく。

「こんな問題を解決できる勇者なんていませんよ……てか、俺はいまから結婚するんですよ！　も、もし俺に産めって言われたら……あああ……」

シンイチもどうしたらいいかわからず、頭を抱えている。

この日、勇者を含めたすべての人間（男限定）は、魔王の脅威にある意味屈することになったのであった。


「ふふ、だらしがない。普段威張っているくせに、隅っこであんなに震えて」

最果ての国の女王セレームは、震える男たちに軽蔑の視線を向けていた。

「臆病者の男たちなんかに、女の気持ちがわかってたまるものですか」

大地の国王女フェルニーは、冷たく笑っている。

他の女たちもそれに同調し、男が妊娠することについて議論をはじめる。

「ねえねえ。無理やりえっちしたら、男のほうが妊娠する魔法とかどう？」

「いや、ハーレムを作ったら男が出産するような制度がいいと思うな……」

「純粋な愛があるなら、男が子供を産んだっていいよね。女ばかりじゃ不公平だもん」

女たちの会話が聞こえるたびに、ビクビクする男たち。

「もっとすばらしいことがありますよ。むふふ。この魔法を使えば男同士で……」

さらに女だけの秘密組織『真夜中《まよなか》の薔薇《ばら》』のメンバーが、余計な口を挟む。

「きゃー、それいい！」

その言葉を聞いた女性たちが興奮して仲間同士でヒソヒソと話し合い、男性たち全員が苦悩に顔をゆがめた。

シルフィールドが盛り上がる女性たちに告げる。

「キャハハハ。残念だけどいまのところ、植物の能力を持つ土の魔族じゃないと『分身《クローン》』の魔法は上手くいかないよ～。旦那はもともと実とか種とか作る能力があったからね～」

シルフィールドの言葉に女たちはがっかりし、男はほっと胸をなでおろした。

「なんとかならないのでしょうか……我ら女性の新たなる神、シルフィールド様」

『真夜中の薔薇』の団長のノーチェが進み出て、シルフィールドに頼み込む。

「えっ？　私が神様？」

神様呼ばわりされて、シルフィールドがキョトンとする。

「ええ。我ら『真夜中の薔薇』は、いまから宗教団体となり、あなた様を神と崇めます。シルフィールド様、ぜひ男女が平等であるという新たな世界を創り出す神として、我々をお導きください」

ノーチェが頭を下げると、王族や貴族の中にいた何人かの団員も彼女にならう。

「面白そう。私も入れて！」

どんどん身分の高く社会に影響力がある女性たちの中に、信者が増えていく。

「困ったな～。ま、いいか。わかったよ。もともと私たち『風と滅びと新生』の精霊は、世界に変化をもたらす使命があるからね～。そろそろ女性だけが子供を産むという古い世界に滅んでもらって、新しい世界を創り出そうか」

シルフィールドがそう言うと、女性たちの熱狂がサロンを包んだ。

「新しい世界に乾杯！」

楽しげにグラスを合わせる女性陣に、青を通り越して真っ白い顔になる男性陣。

さらにシルフィールドが言う。

「さっそく孫たちに頼んで、シルフワールドで研究を進めてもらおう。シルフちゃん、魂結合魔法『魂結《タマユウ》』と、肉体複製魔法『分身《クローン》』の魔法データを渡すよ」

「了解！　うふふ、シルフワールドで研究したら、すぐ応用が利くようになるよ。魔族とか人間族の男とかにも有効になったりして……」

「やめて！　頼むから！　研究しなくていい！　そんなの嫌だ！」

サロンにいたすべての男たちが魂の叫び声を上げるが、シルフと女性たちはニヤニヤと笑うのだった。

ヒノモト国――結婚式

結婚式を明日に控え、ヒノモト国では入国者の制限をしていた。東西の門はキッチリと閉じられて、アリの入る隙間もなく監視されている。

シンイチが外を確認してつぶやく。

「よし、もうそろそろ入国者を締め切ろう。それじゃ、犯罪を行おうとする者を収納」

道具袋に手を入れて念じると、国内にいた何人かの人間が袋に吸い込まれていった。

「やっぱり国内に犯罪者予備軍がいたんだな。でも、これで安心。明日の結婚式にまぎれて騒ぎを起こそうとする者は、全員収納することができたし」

シンイチが警戒を解く。すると、ウンディーネが結婚式の進行表を持ってきた。

「シンイチ様、明日の結婚式はこのようになっております」

「どれどれ、国民の前でパレードしてから入城し、玉座の間で教皇ルイージさんの祝福の儀式を受けて、そのあとは披露宴かぁ。一日中大変だなぁ」

一生に一度の晴れ舞台とはいえ、一日中続くという結婚式にシンイチはちょっと大変そうだと感じていた。

「ふふ……式が終わったら、夫婦の時間がはじまりますね。いまから楽しみです」

ウンディーネは笑顔でシンイチに寄り添う。

シンイチは明日からはじまる結婚生活に、ちょっと不安を感じていた。とはいえ、心配していても何もはじまらない。気を取り直してシンイチは告げる。

「は、はは。これからもよろしくね。そ、それじゃ、明日は大変だから、今日は早く寝よう」

「ええ。よく寝られるように、今日は添い寝をさせていただきますわ」

そう言うと、ウンディーネはシンイチをそっとベッドに押し倒す。

「ウ、ウンディーネ。そういうことは明日から……」

押し倒されたシンイチが動揺していると、寝室のドアが開いた。

「ウンディーネ、ずるい！」

「今日は私も一緒に寝る」

「私も!!」

入ってきたのは他の三名の婚約者である。ウンディーネがにっこり笑って言う。

「ふふふ、それなら、皆で仲良く一緒に寝ましょうか」

「「「うん」」」

メアリー、晴美、アンリが喜んでベッドに入ってくる。

（……もしかしてこれから毎日こんな感じなのか？　幸せなんだけど、怖いな……）

四人に抱きつかれた状態で身動きが取れないシンイチ。結局眠ることができたのは深夜を過ぎてからだった。

そんなわけでちょっと寝不足で結婚式当日の朝を迎えた。

大将軍メアリーに各部署から報告が入る。

「それで、城門を閉めてから侵入した人はいないんだね」

「ハイ、間違いなくいません。城外で抗議する者もいましたが、治安のためと説得してあきらめてもらいました」

「わかった。でも気を抜かないように。パレードの最中に、狙われる可能性があるからね」

「はっ！」

兵士たちが敬礼する。自分の結婚式だというのに、メアリーは国の治安に気を配り、大将軍としての役目を立派に果たしていた。

シンイチは念のため、パレードの前に道具袋に手を入れて『犯罪を企んでいる者を収納』と念じたが、今回は一人も収納されなかった。

「よし、大丈夫みたいだね。これで今日一日安心して結婚式ができるよ。それじゃ、みんな行こう」

シンイチは四人の美しい王妃に囲まれ、豪華な車に乗り込むのだった。

勇者とその王妃たちの晴れ姿を一目見ようと、各国から身分を問わず大勢の人が集まり、心から祝福していた。

「勇者様!!　オールフェイル世界の救世主!!」

「勇者様にふさわしい美しい王妃様方!!　お幸せに！」

豪華な車に乗って街の大通りをパレードするシンイチと四人の王妃。全員が笑みを浮かべ、国民に向かって手を振っている。

「すてき!!　誰もが輝いているわ！」

「これでヒノモト国もますます発展するだろう。シンイチ陛下万歳!!」

『軽銀の衣』をまとったシンイチや、豪華なドレスをまとったメアリー、ウンディーネ、晴美、アンリは確かに美しく、気品にあふれている。

その姿を、『勇者の宿』の二階の窓から眺める若い女性がいる。

「あーあ。勇者シンイチ様をもっと近くで見たかったな。でもおじい様の命令だし……」

ため息を吐く猫耳の少女は、ギルドの受付嬢キルニーである。

「だいたい、勝手に勇者を名乗っている、コウジとやらがギルドに来てからへんだよ。おじい様はギルドそっちのけで、有名な冒険者たちを集めて、裏でコソコソと何かをしているみたい。おかげでギルドは開店休業状態。私はずっと放っておかれているし……」

ブツブツと独り言を言う。

「あの脳筋勇者コウジって、乱暴で嫌いよ。何か気に入らないことがあるとすぐに暴力を振るうし。勇者シンイチ様のほうがずっと優しそうでいいわ。はあ、気が重いな……」

そう言いながら、何の変哲もない小槌を取り出し、マッチョジーから指示されたことを確認した。


その数時間前のこと。

「良いかキルニーよ。ワシは忙しい。お前がワシの代理として、結婚式に出席するのじゃ」

そう言ってキルニーにヒノモト国からの招待状を渡す。

「で、でも私は、そんな偉い人が出席する式なんかに……」

世界中のＶＩＰが集まる式典に興味はあるものの、庶民のキルニーは気後れしていた。

「だからこそじゃ。いずれお主はワシの跡を継いで、ギルドマスターにならねばならぬ。受付嬢をさせて冒険者に顔を売らせていたのはそのためじゃ。そろそろ、ワシの代理も任せねばのう」

「そ、そんな！　でも……」

いままでアルバイト感覚で受付嬢をしていたのに、いきなり後継者だと言われても困惑してしまう。

「この際じゃ、『美愛の髪飾り』をやるから、それをつけて参加するがいい」

「わかりました!!」

幼いころから憧れて、ずっと祖父にねだっていた伝説のアクセサリーであった。そんな物を餌に出されては、断るはずもない。輝くばかりの笑みを浮かべてキルニーは頷いた。

「ただ、一つだけやってもらうことがあるのじゃ。ヒノモト城に入ったら、『勇者コウジ』と念じてこの槌を振ってほしいのじゃ」

マッチョジーは小汚い小槌をキルニーに渡す。

「なぜですの？」

「この小槌はマジックアイテムでのう。お主が見ている映像を、お師匠様に伝えることができるのじゃよ。お師匠様が、将来戦う相手とその仲間たちの姿を確認しておきたいとおっしゃってのう」

好々爺《こうこうや》然とした笑みを浮かべるマッチョジーに対し、キルニーは不安にとらわれていた。

「でも……」

「彼に姿を見せてやるだけじゃ。それくらいは協力してやらねばなるまい」

「……わかりました」

こうしてキルニーはマッチョジーの言われた通りにすることになった。

「よいか。他人の迷惑になるかもしれぬから、必ず城内の人気のない場所で使うのじゃぞ」

マッチョジーの指示を確認しながら、キルニーはヒノモト城に向かっていった。

結婚式がはじまる三十分前

「す、すまん。トイレに行ってくる」

最前列の席に座るドンコイが落ち着かない様子になっている。

「またですか？」

「ドンコイ様のほうが緊張されているようですわ」

クスクスと笑うドンコイの妻の、メリッサとメキラ。元フリージア皇国の王女だった二人は仲良くドンコイに寄り添っていた。

「う、うむ。私もこれだけの重要人物が一堂に会した式に出席するのは初めてだからな……」

二人の妻はあきれたように周囲を見渡す。玉座の間には長椅子が並べられ、各国の王族や魔族、貴族や民間で有名な者たちが所狭しと並んで座っている。

こんな状況では式の途中にトイレに立つことなどできるわけがない。そう思ったドンコイは席から立ち、そそくさとトイレに向かった。

「さすがのドンコイ様も緊張しているわね」

「思えばこの日を迎えるまで、ドンコイ様はシンイチ陛下と苦楽をともにしていたものね。今日の結婚式を一番喜んでいるのはドンコイ様かもしれないわ」

トイレに行くドンコイの後姿をほほえましく見送る二人だった。

「ふう。すっきりした」

用を足したドンコイが会場に戻ろうとすると、曲がり角から急に若い女性が出てきた。

「おっと？」

「きゃっ！」

かわし切れずに、見事にぶつかってしまう。その衝撃で猫族の若い女性は、叫び声を上げると何かを落としてしまった。

「こ、これは失礼を。お嬢さん、お怪我は？」

「い、いえ。大丈夫です。あれ？　どこにいったのかしら？」

少女はあわてて周囲を見渡す。

「おっと、これは失礼を。これですかな？　私の尻に挟まっていました」

なぜか倒れた拍子に、ドンコイの巨大な尻にすっぽりと挟まってしまった小さな槌を取り出す。

「あ。はい。それです。ありがとうございました」

少女はあわてたように小槌を受け取り、去っていった。

「ふむ……気を悪くさせてしまったかな。しかし、あの槌はなんだ？　少女がこのような場所で持っているものとしては不自然だが……」

なんとなく違和感を覚えるドンコイ。

「ドンコイ殿、どうかされたのですかな？」

いま到着して城に入ってきたばかりの元『天使の使徒』で大商人のセガールが、首をかしげるドンコイに話しかけてきた。彼もさっきの少女を見ていたようである。

「いや、ちょっと女性とぶつかってしまったのですよ。セガール殿は彼女をご存知ですか？」

「確か、ギルドマスターの孫娘でキルニーとかいう娘です。そういえば、最近冒険者ギルドから大量の武具やマジックアイテムの注文がありましてな。そのときの受け取りを担当したのが彼女ですよ。若いのにしっかりした娘で、好感が持てました」

セガールは爽やかに笑うが、そのことを聞いてドンコイは首をかしげた。

「ギルドから大量の注文があったのですか？」

「はい。シンイチ陛下の治世の下、平和な時代が到来し、在庫が大量にあったので鍛冶職人たちは大喜びでしたな。私もよい取引をさせていただきました」

セガールは大いに儲けることができたので笑みを浮かべているが、ドンコイは額にしわを寄せた。

（おかしい……いまの時代にそこまで武具の需要があるはずがない。ギルドの仕事は激減して、冒険者たちの数が減少しているはずだ）

不思議に思ったドンコイは、セガールをさらに問いただす。

「武具はともかく、マジックアイテムとは？」

「はい。姿を変える『変化のペンダント』ですね。魔物に化けて近づくのに使うそうです」

「……それはおかしい。姿を変えても匂いまではごまかせぬはず。逆に警戒されて逃げられるだけですぞ。そんなことは冒険者なら初心者でも知っているのだが」

「そういえば……」

セガールも不審そうな顔になる。

「……何か胸騒ぎがする。ともかく彼女を監視しましょう」

二人は連れ立って、キルニーのあとを付けるのだった。


キルニーは人気《ひとけ》のない場所を探してうろついていた。しかしながら、廊下やベランダ、トイレにいたるまで警備兵でいっぱいで、人がいないところなどない。

（ああもう……結婚式はじまっちゃうよぅ）

そのとき、拡声魔法による放送が響きわたった。

『結婚式開始三十分前になりました。出席者の方は大広間にお集まりください』

すべての控え室から出席者たちが出てきて、大広間に向かっていった。

「皆様、こちらにお進みください」

警備兵を廊下に出て、招待客を誘導していく。すべての客が出たあとは、警備兵たちが大広間周辺に集まりはじめた。

（チャンス！）

キルニーは、逆に人のいなくなった控え室に入っていった。

隠れてその姿を見ていたドンコイとセガールは、ますます不審に思った。

「結婚式の会場にも入らず、いったい何をするつもりだ？」

セガールとドンコイはキルニーが入っていった控え室の場所を確認し、顔を見合わせる。

「うむ。何とかして探ってみよう。セガール殿は『風精電話《ふうせいでんわ》』をお持ちか？」

「ええ、商売上どうしても必要なので、持っていますよ」

そう言って古びた携帯電話を取り出す。日本で廃棄されていた携帯電話をヒノモト国に持ってきて、風の魔力をこめて通話できるマジックアイテムに改造されたものが『風精電話』である。

まだ一部の国の有力者や大商人にしか広まっていなかったが、通信魔石に代わる通信手段として浸透しつつあった。

「良かった。私の電話と通話状態にして……よし」

ドンコイは控え室に入っていった。

控え室

「ええと……この小槌を、名前を呼びながら振ればいいんだっけ？」

キルニーが小槌を振ろうとすると、いきなり太った男が入ってきた。

「ひっく！　うぇ～。めでたい席につい酒を飲んでしまった。うぇっ」

酔っ払いの演技をしながら、ドンコイは控え室の椅子に座り込む。キルニーが恐る恐る声をかける。

「あ、あの。気分が悪いなら、医務室に行かれては？」

ドンコイはニヤッと笑った。

「これは、優しいお嬢さんだ。ぜひ連れて行ってもらいたいのですが……おっと！」

「キャッ！」

わざとキルニーに倒れかかり、その隙に『風精電話』を床に落とす。

「い、いやーーー、離れて！　へ、兵士を呼びますよ！」

「ご、誤解ですぞ。す、すぐに出て行きますから」

そう言ってドンコイは起き上がり、控え室を出て行く。

部屋の中はキルニー一人になった。

「……まったくもう！　なんだったのかしら。気を取り直して……勇者コウジ」

光司の顔を思い浮かべながら、小槌を振る。

すると、いきなり小槌からまぶしい光が発せられた。

「な、なんなの？」

あまりのまぶしさに思わず目を覆う。光が収まったとき、目の前には一人の男が立っていた。

「コウジ様？」

「ご苦労だったな。それじゃ、それをこっちによこせ」

呆然としているキルニーから、光司は小槌を取り上げる。

「よし。これで侵入できたぜ。愛、来い！」

小槌を振るうと、愛もこの場に現れた。

「ふふ。ここまでは順調ね。簡単に侵入できたわ」

琵琶を持った愛が笑う。

「こ、これはどういうことですか？　あなたたちは何をするつもりなんですか？　も、もしかして結婚式を邪魔しようと？　そんなの駄目です！　卑怯です！」

「うるさい小娘ね。『眠りの歌』」

騒ぎ立てようとしたキルニーに向かって愛が琵琶を鳴らすと、彼女はあっさり眠りに落ちてしまった。

「さすがは喜媚ね。いい仕事するわ」

「えへへ、お姉様に褒められちゃいました～」

そう言うとともに、抱えていた琵琶が少女の姿になる。

「いい、もう一回確認するわよ。結婚式が進行したら……」

愛、光司、喜媚で策を打ち合わせる。

「完璧だぜ！　これで一気に世界を征服できるな！」

光司は豪快に笑う。すべて順調に進んでいるように思われたが、その企みは『風精電話』を通して筒抜けになっていた。


「……というわけ。あいつら、悪巧みしている」

セガールの『風精電話』からドンコイのパートナーシルフＯＳであるツカナイの澄んだ声が聞こえる。ドンコイは通話状態にしたまま自分の電話を床に落とし、控え室の会話をツカナイに盗み聞きさせていたのである。

伝えられた内容から事情を察したセガールは、真っ青になって走り出す。

「こ、これはいけない。止めなければ!!」

「ち、ちょっと待ってください!!」

ドンコイが止める間もなく、焦ったセガールが控え室に飛び込んだ。急いでドンコイも続く。

光司たちは中に入ってきた二人に目を向けた。

セガールがあわてて叫ぶ。ドンコイはもっとあわてて叫んだ。

「あなた方の策略はすべて聞きました!!　観念……○▲×▽？」

「☆★○■？？？？」

二人の口はうまく動かず、意味不明の喚き声になっていた。それだけではない。二人とも急に腰が抜けて地面に座り込んでしまった。

「『麻痺《まひ》の歌』……ふう。危ないところだったわ」

愛はこの一瞬で魔力を込めた歌を歌い、セガールとドンコイの全身を麻痺させたのである。際どいところだったが、大声を出されるのを止めることができた。

「この二人をどうしようかしら。騒ぎにはしたくないし……」

だらしなく床に転がるドンコイたちを見て愛がつぶやく。

「お姉様、『打出の小槌』を使えば、簡単に始末できるのでは？」

そう言うと喜媚は、事細かにその方法を説明した。

「……ふんふん。なるほどね。確かにそんな使い道もあるわね」

納得した愛は喜媚に小槌を渡す。さっそく喜媚が行動に移す。

「それじゃ、試してみます。『二人をどこかに連れて行きなさい！』」

そう言って小槌を振ると、硬直していた二人の姿が消えてしまった。

「思った通りですね。どこかから物を取り寄せることができるなら、逆に目の前の物をどこかに転送することもできると思ったんです。力の方向を逆にすればいいだけですもんね。いらないゴミを簡単に捨てられますよ〜」

「さすが喜媚ね。お手柄だわ」

愛はやさしく喜媚の頭をなでる。そこへ、光司が告げる。

「なんでもいいけどよ、もうそろそろはじまったみたいだぞ」

遠くから結婚式のベルの音が聞こえてきた。

「よし。こちらもはじめるわよ。私が歌うから、二人とも手伝って」

愛は『極魔の洞窟』で手に入れたアイテム『前世の楽譜』を広げる。

「現世は幻。現身《うつしみ》は虚構。過去の記憶を解き放ち、真の己を覚醒せん。前世の歌よ。響きわたれ。前世覚醒魔法『リカバリー』発動」

愛が歌い、喜媚が音を操ってヒノモト城中に届け、光司が魔力を供給する。これによりその歌声はヒノモト城中に響きわたっていった。

ヒノモト城内——大広間

シンイチの結婚を祝うため、多くのＶＩＰが結婚式に参加していた。

「皆様、お集まりくださいまして誠にありがとうございます。今日の結婚式は歴史に残るものとなるでしょう。われらが救世主、勇者シンイチ様に神の祝福を！」

光の聖霊教団の教皇ルイージが壇上で厳《おごそ》かに言うと、勇者の格好をしたシンイチと、清楚なウェディングドレスに身を包んだ四人が入ってくる。

参加者たちは全員立ち上がり、大きな拍手をもって彼らを迎えた。

拍手が静まるころに、再びルイージが話し出す。

「皆様、今日という良き日を迎えられたことを、ともに祝いましょう。今日こそ過去の忌まわしい歴史に終止符を打ち、争いのない平和な世界が訪れた証《あかし》となる日として、長く伝えられるでしょう」

この場にいる全員がルイージの説教に聞き入っている。彼は世界の平和を祈る教皇として、ふさわしい穏やかな微笑を浮かべていた。

「……シンイチ様がこの世界に召喚される前は、我々はお互いを信じられず、正義の名の下に戦い合っていました。人は魔族を恐れ、魔族は人を憎み、終わりのない戦いを続けていました。復讐が新たな復讐を生み、新たな悲劇が繰り返され、弱き者は虐《しいた》げられ、強き者は争いによる疑心暗鬼に陥り、ともに等しく苦しみの世界を生きてきたのです」

ルイージの言葉に、大広間は静まり返る。

「そんなときに勇者シンイチ様は現れました。彼は自分を召喚したフリージア皇国に裏切られたにもかかわらず、復讐を放棄して争いの連鎖を止めるという模範を自ら示しました。そして、人が手を取り合って、協力して生きるという理想を掲げたのです。その思いは人を動かし、いま、ここにすべての種族が集まっています」

ルイージの手からライトの魔法が放たれ、会場を明るく照らす。

そこには、人間族、魔族、獣人族、ドワーフ、エルフ、吸血族、風精族、シルフの一族である風の精霊たち、そして誠司をはじめとする異世界人たちがいた。

「以前の我々は想像できたでしょうか。勇者の結婚式に参列する魔王を。魔王の妊娠を心から祝福できる勇者を。これこそが我らの世界が根底から変わった証拠です」

ルイージの言葉を受け、会場の視線が魔王ノームに集まり、出席者から拍手が湧き起こる。魔王ノームは人間たちから妊娠を祝福され、照れくさそうに笑った。

「勇者シンイチ様はまさに世界をつなぐ『救世主』です。また、彼が選んだ王妃たちは、それぞれの属する世界を代表する方々です。オールフェイル世界の人間からは、メアリー王妃様!!」

黄色いウェディングドレスに身を包んだメアリーに光が当たり、彼女を輝かせる。

「魔族からは、ウンディーネ王妃様！」

青いウェディングドレスに身を包んだウンディーネに光が当たる。

「異世界の地球からは、ハルミ王妃様!!」

ピンク色のウェディングドレスに身を包んだ晴美に光が当たる。

「そして、か弱き獣人族からは、アンリ王妃様が選ばれました」

純白のウェディングドレスに身を包んだアンリに光が当たる。

彼女たちは心から幸せそうに微笑んでいた。

出席者たちは、いずれ劣らぬ美しい王妃たちに感嘆の声を上げる。

そして、いよいよルイージの前に立つ勇者シンイチにスポットライトが当たる。

「ヒノモト国王、シンイチ・スガイ・ヒノモトよ。フリージア皇国王妹メアリーよ。お互いを伴侶と認め、一生添い遂げることを光の聖霊の前で誓いますか？」

「誓います」

はっきりと答えるシンイチ。

「誓います」

満面の笑みを浮かべてシンイチを見つめるメアリー。

「ヒノモト国王、シンイチ・スガイ・ヒノモトよ。四大魔公の一人、水の魔公ウンディーネよ。お互いを伴侶と認め、一生添い遂げることを光の聖霊の前で誓いますか？」

「誓います」

「誓います……私の全存在をかけて」

頬を赤く染め、シンイチを見つめるウンディーネ。

「ヒノモト国王、シンイチ・スガイ・ヒノモトよ。菅井家長女、ハルミ・スガイ・ヒノモトよ。お互いを伴侶と認め、一生添い遂げることを光の聖霊の前で誓いますか？」

「ち、誓います」

ちょっと顔を引きつらせながらも、なんとか宣言するシンイチ。

「誓います。一生お兄ちゃんから離れません。じゅるり」

晴美はケダモノのような目でシンイチを見つめていた。

「ヒノモト国王、シンイチ・スガイ・ヒノモトよ。獣人族童女アンリよ。お互いを伴侶と認め、一生添い遂げることを光の聖霊の前で誓いますか？」

「ど、童女？　あの、えっと……誓います」

「はい、誓います。お兄ちゃん、これからもよろしくね！」

無邪気にシンイチを見つめるアンリ。

「それでは、誓いの口付けを」

ルイージに従い、シンイチはそれぞれの王妃と口付けを交わす。

「光の聖霊よ、照覧《しょうらん》あれ。すべての人々よ、祝福を！　いまここに、新たな夫婦が誕生しました!!」

割れんばかりの拍手が響きわたる。

広大な玉座の間にいたすべての人々が、シンイチと王妃たちを祝福するのだった。

その拍手が終わりかけたころ、清らかな歌声が大広間に響きわたった。

「これは……誰の歌声だ？　きれいだ……」

「懐かしいような……まるで幼いころ、母のひざの上で聴いた子守歌のようだ……」

各国の王族や貴族たちがとろんとした目になる。

まるで母の子守唄のように人々の心に染み込んでいった。

次第に歌を聴いている人たちから気力が失われていく。

「な、なんだこの歌声は……自分で自分がわからなくなる……忘れていた記憶が思い出される……俺は……勇者……勇者トモノリ・ヤギュウ……の……」

いつの間にか、シンイチは壇上でひざを抱えてうずくまっていた。

脳裏に次々と見知らぬ記憶が浮かび、だんだんと自分の正体がわからなくなってくる。

もっとも、シンイチだけではなく、ここにいるほとんどの人が同じような状況だった。

「俺はフリージア皇国第一王子、カリドク・フリージア……勇者を毒殺せし者……」

前のほうの席に座っていた、フリージア国王カリグラがぶつぶつとつぶやく。

「私は伝説の大神官、クリームヒルト……違う、私は……王子様に従う侍女、名前は……シビ……思い出せない……」

元『天使の使徒』シビデレアは、頭をかかえてつぶやく。

「気をしっかり保て!!　クリームヒルト、違う。シビデレア!!」

その隣で、大地の国の王子ウェルニアが必死にシビデレアに声をかけていたが、彼の顔にも脂汗がにじんでいた。

「あなたは……私の王子様？　違う！　伝説の戦士ジークフリード。勇者トモノリたちとともに魔王アバドンと戦った私の恋人……」

「違う、私は……ウェルニアだ!!　お前の、お前だけの王子だ!!　だが……ジークフリードだ！」

ウェルニアは強靭《きょうじん》な精神力で、次々と湧き上がってくる記憶に必死に抗《あらが》っていたが、シビデレアにジークフリードと呼びかけられたとたんに気力が尽きて床に倒れる。

大広間は出席者たちのうめき声で満たされていた。


シンイチの意識は、前世の記憶にのみ込まれようとしていた。

（俺は……菅井真一、勇者シンイチ……いや、真の名は、勇者トモノリ・ヤギュウ……）

存在が曖昧になる感覚とともに、シンイチの自我は自分の前世を体験していた。

彼の前世は将軍家指南役、柳生家の次男、トモノリ・ヤギュウであった。

古風な道場に二人の男がいる。痩《や》せた青年と、眼帯をつけた大男である。

（こ、これは？　あの青年は俺だ。だが、あの人は……見覚えがある。まさか！）

客観的に二人を見ているシンイチは、一瞬で二人の関係を把握する。彼らは兄弟であり、また師弟関係でもあった。大男を見ると、なぜか懐かしい思いが湧き上がってきた。

「しっかりせんか!!　脇が甘い!!」

「兄上……私はもうだめです……立ち上がれません」

「それでも柳生一族の者か!!　だらしがない!!」

倒れている自分に兄が容赦なく蹴りを放つ。

シンイチ＝トモノリ・ヤギュウは血反吐《ちへど》を吐いて気絶した。

「ふん……気を失うなど戦場では死と同じだ。もっと精進せい」

そう言いながらも、弟を抱き上げて部屋に運ぶ。彼からは厳しくも暖かい思いが感じられた。

数時間後、トモノリは自室で目覚める。

（……兄上はなぜ、私をしごくのであろうか）

布団の中で悔し涙を流しながら、奥歯を噛み締める。トモノリは圧倒的な力を持つ兄に対して、複雑な思いを抱いていた。

（家を継ぐのは兄上だ……将軍家指南役の嫡子《ちゃくし》にふさわしい力を持っている。悔しいがどれだけ修業しても、私ではかなわない。なのに、なぜ……）

トモノリは柳生家の次男である。剣の才能は嫡子であるジュウベエ・ヤギュウに劣ると周囲からは見られており、本人もそれは事実だと知っていた。

しかし、兄ジュウベエ・ヤギュウは自分を見捨てず、見下さず、師匠として接してくる。剣士としての腕ははるかに上。自分など見捨てられて当然だと思っているのに、厳しくはあるものの、ずっと剣の修業をつけてくれるのである。

自分を育ててくれる兄への尊敬と、同時に自分に厳しくする兄への反感。

「兄上、なぜ私に稽古をつけてくださるのですか？　私など才能がありません」

一度こう言って弱音を吐いたことがある。ジュウベエはトモノリの頭に思いっきり拳骨《げんこつ》を落とすと、諭すように言った。

「才能など関係ない。何年でも修業をすれば、どんな者でも一人前になる。才能のなさに逃げるのは言い訳だ。精進せい。工夫せい。自らの力を磨くが良い。真に勝つべき相手は己だ！」

その言葉を心の支えにして、剣の修業を続けること二十年。

そこそこの剣士にはなれたが、やはり未だにジュウベエには勝てなかった。

「ん？　これはなんだ……？」

布団の中でじっと考え込んでいると、いきなり体が光に包まれる。

トモノリの意識は闇へと落ちていった。


気がつくと、意味不明の複雑な文字が書かれた曼荼羅《まんだら》のような絵の上に立っていた。

目の前には黒い衣を着た老人が、歓喜の笑みを浮かべている。

「や、やったぞ！　ついに異世界の化け物を召喚できた！　これはワシの手柄じゃ！」

そう言いながら近づいてきて、ペタペタと体を触ってくる。

「ご老人。拙者《せっしゃ》は化け物などではありませぬ」

そう伝えても、老人は自分を無視してブツブツとつぶやいている。

「ふむ……この魔力量、すごいな。これなら我が国の戦争奴隷として役に立つであろう‼」

「ど、奴隷だと？　どういうことだ？」

聞き捨てならない言葉を聞き、老人をにらみつける。

この時点で初めて老人はトモノリの目を見た。そしてニヤリと笑う。

「そうだ。魔国との戦争が激しくなったのでな。戦争の道具として役に立つ奴隷を召喚したのじゃ。おい、異世界の奴隷よ。我が国に尽せ。貴様はそのために喚ばれたのじゃ」

老人の人を人とも思わぬ言い草に、トモノリの怒りに火がつく。

「無礼者《ぶれいもの》！　武士に向かって奴隷とは！　そこに直れ！」

身に着けていた短刀を振りかざして迫るも、老人は恐れ入らなかった。

「逆らっても無駄だ。いくら魔力があっても、この世界の魔法を知らぬいまのお前には対抗できまい。ほれ、『サンダー』じゃ！」

「ぐおっ！」

いきなり老人の手のひらから電撃が発せられ、トモノリに撃ち込まれる。全身をつらぬく激痛に、トモノリは床を転がって苦しむ。

「ほれほれ。『ファイヤ』！」

愉悦の表情を浮かべた老人が、さらに炎の魔法でトモノリを焼く。

「おまけじゃ。『ダークネス』！」

黒い霧がトモノリの体にまとわりつき、生気を奪っていく。

初めて体験する魔法により、トモノリは追い詰められてしまった。

（くそ……これは妖術か！　しかし、なぜだ！　苦しいような、気持ちいいような……）

雷と炎と闇の魔法は、確かにトモノリを攻め立て苦痛を与える。しかし、なぜか一方では快感も覚えていた。

それは虫歯を抜くときのような、痛みによって何かが取り除かれるようでもあり、あるいは、暗い地下牢に長く囚われて、やっと解放された者が最初に太陽を見上げたときの刺すような痛みでもあった。

雷と炎と闇の三つの魔法はトモノリの体内に深く浸透していき、彼の魂の力の封印を解いた。

トモノリは自分の体内で膨れ上がる力を感じた。

（……こんな力が俺にあったのか？）

そして、自分にかけられた魔法を吸収し増幅させると、相手に打ち返した。

「な、なんだ。このすさまじい魔力は！　ひぃぃぃぃぃぃー!!」

トモノリを好きにいたぶっていた老人は、トモノリの放った雷、炎、闇の魔法を受けて骨も残さずに消滅してしまった。

（すばらしい……これが俺の中にあった力……）

生まれ変わったように、体に力があふれていた。自らの新たな力にトモノリは歓喜した。

ドアの前に人々が押し寄せる足音が響き、部屋に何人ものたくましい兵士が入ってきた。

「いまの音は？　何が起こったのです？」

彼らは、すさまじい魔力をまとうトモノリを警戒して取り囲む。

「な、なんだきさまは……宮廷魔術師様に何をしたのだ？」

先ほどの老人は宮廷魔術師だったらしい。いまではトモノリの魔法を受けて消し炭になっているが。

兵士たちの怒号を聞いても、トモノリはまったくひるまず答える。

「……ちょうどいい。お前たちでこの力、試させてもらう」

もはや彼の頭からは、父や兄から教わった武士道の心も、理性も失われていた。心から湧き上がってくるのは、破壊の衝動である。それが彼を突き動かし、兵士たちを虐殺していった。

その一方で、彼の心に宿る理性＝シンイチは嘆き悲しんでいた。

本能が理性を上回った瞬間だった。

数時間後

フリージア城には、数百人の兵士の死体が転がっていた。彼らは雷に撃たれ、炎で全身を焼き尽され、黒い斑紋《はんもん》が浮かんだ体で衰弱死していた。見るも無残な光景だった。

高潔な武士から地獄の悪鬼へと変貌したトモノリのあまりの非道な行為に、彼の中にいるシンイチは泣き叫ぶ。

(やめろ!! やりすぎだ!! こんなことをして何になるんだ!!)

それでも魂の奥底では、この虐殺は自分がやったことだということも実感していた。兵士たちの悲劇を間近で見せ付けられ、罪の意識に涙するシンイチ。

(こんなことって……俺の中にこんな凶暴性が潜んでいたのか。もし、裏切られたときにメアリーやウンディーネ、アンリがいなかったら、俺は同じことをしていたかもしれない)

この地獄絵図は、もしかしたらシンイチが個人的な復讐を選択した場合に、フリージア皇国に対して行ったかもしれないもう一つの可能性であるかのようだった。

苦悩するシンイチをよそに、トモノリはどんどんフリージア城を制圧していく。

ついに玉座の間に到達し、ぴったりと閉じられている扉を力任せにこじ開けた。

玉座には金髪の中年男が座っており、その周りにはおびえた様子の王子や、真っ青な顔をしている貴族たちがいた。

「貴様が王か!! 武士の誇りを汚した報い、受けてもらおう」

全身血に染まったトモノリが、兵士から奪った剣を振りかざし、玉座へ進む。

しかし、王は顔を引きつらせながらも気丈にトモノリを見返していた。そうして呪文を唱える。

「ふん。たかが戦奴《せんど》の分際《ぶんざい》で歯向かうとは、身の程をわきまえるが良い。『隷属《れいぞく》の目』」

王の目が光ると同時に、トモノリの右目に耐え難い激痛が走った。

「くっ、これはなんだ？」

「宮廷魔術師様が化け物を召喚するというので、念のため隷属魔法も組み合わせておいたのだ。貴様の片目はワシの支配下にある」

次の瞬間、右目の激痛が全身に広がり、トモノリの行動を封じた。

「おとなしくしろ。貴様は兵士たちを殺した。その罪を償ってもらう。命尽きるその日まで、フリージア皇国の奴隷として魔族と戦え！」

「ふざけるな！　人を勝手に召喚して奴隷だと！　許せねえ……こんな邪魔な右目なんか、いらねえ!!　武士の意地、見せてやる！」

そう叫ぶと、自ら右目に指を突っ込んだ。すると、全身に広がった痛みが静かに引いていく。トモノリが王に何かを投げつける。

「な、なんだと……うっ！」

それは血がにじんだトモノリの眼球だった。

自ら目を抉《えぐ》り出したトモノリに、王や貴族は恐怖を覚える。

「くくく……ははは……これで兄上と同じ片目になった。この目の代償、たっぷりと払ってもらおう。『漆黒影潰《ダークシャドウ》』」

空洞になった右目から、黒いビームが発せられ、王を直撃する。

「な、なにをした！　ワシの体がへんじゃ！　薄くなっていく……た、助けてくれ！」

王の体がどんどん黒く染まり薄くなっていく。とうとう影のようになり、玉座に貼りついた。

「お前はその玉座から離れられない。俺が死ぬときまでな。俺の尻の下で永遠に悔やむがいい」

トモノリは黒い人影が染み付いた玉座に平然と座る。黒い影となった哀れな国王を尻の下に敷き、足を組んで貴族たちをにらみつけた。

トモノリに恐れをなした貴族たちは逃げようとするが、恐怖のあまり足が動かない。

「ゆ、勇者様、お鎮まりください……」

そのとき、玉座の近くで震えていた王子が跪《ひざまず》きながら告げた。

「ん？　俺が勇者だと？　どういうことだ？」

「勇者」と言われ、気をよくしたトモノリが王子に尋ねる。

「は、はい。あなた様のその力。きっと魔王を倒すために神から遣わされた勇者様に間違いありません。我々だけではなく、全世界の人間があなた様を崇めるでしょう。私、フリージア皇国第一王子カリドク・フリージアは、勇者様に忠誠を誓います。その汚い椅子から下りて、我々をお導きください。あなた様は神にも匹敵する世界の救世主。フリージア皇国の穢《けが》れた玉座ごとき、あなた様にふさわしくありませぬ。世界を救っていただいた暁《あかつき》には、世界を統《す》べる帝《みかど》の玉座を用意させていただきます」

白い服にちょうちんブルマーをはいた、金髪カールの軽薄そうな王子がへつらって言った。

「神に選ばれた勇者か……そしていずれは世界を統べる帝か。なるほど。それならば、この力を世界を救うために使ってやるか!! 魔王とやらを倒してやろう」

そう言って玉座から下りて、豪快に笑うトモノリ。『伝説の勇者トモノリ・ヤギュウ』の誕生だった。

その光景を、トモノリの中からシンイチが冷めた目で見つめていた。

(ふん。煽《おだ》てられてその気になるなんて馬鹿だな。いいように操られているぜ)

王子の言葉を聞いて簡単にその気になった過去の自分に嫌悪感を覚える。

少しずつ、トモノリの記憶との一体感が薄れていった。その後のトモノリの活躍を、シンイチはすべて漏らさず見ていく。

それからのトモノリは、確かに勇者として世界を救った。

人間を苦しめる魔族を撃退し、勇者として崇められ、正義感を満たす。マーリンと出会い、恋に落ちる。奴隷にされた戦士ジークフリードを救い、純粋な友誼《ゆうぎ》を結ぶ。光の聖霊の敬虔《けいけん》な信者として魔族と戦う大神官クリームヒルトと協力し、勇者パーティを結成する。

そして、傲慢《ごうまん》な強者として思うままに力をふるうところも、シンイチはじっと見ていた。

町を焼き、罪もない魔族を虐殺する。力ずくで王や貴族を従え、財貨を巻き上げる。罪もない多くの魔族を奴隷として人間国に連れて行き、売り飛ばして荒稼ぎする。

他人のことなど何一つ考えず、自分の心の赴くままに自由に行動する勇者トモノリ。それによって利益を得た者からは崇められ、不利益をこうむった者からは蛇蝎《だかつ》のごとく嫌われた。

彼によって救われた者は確かに多い。

奴隷から解放された者たちや、村を襲う魔物から救われた無辜《むこ》の人々。

その影で、彼によって地獄に落とされた者も多かった。

勇者トモノリに憧れて彼に近づいたせいでもてあそばれ、捨てられた各地の少女たち。そして、女好きな勇者トモノリに恋人を奪われ、絶望していった男たち。

問題を解決してもらうかわりに過大な要求をされ、結果としてよりひどい状況に陥った村もあった。

何の罪もないのに、ただ魔族や獣人族だというだけでさらわれ、奴隷に落とされた者たちは人間に虐待され、勇者トモノリを恨みながら死んでいった。

シンイチはむなしく魂の中で絶叫する。

(ちがう。それじゃ何の解決にもなってないんだ!!)

シンイチはある事件を目の当たりにする。

トモノリは魔族の領地を攻め滅ぼし、領主の一族を捕らえ、『奴隷の首輪』をはめた。

「トモノリ様！　ありがとうございました！　くそ！　こいつの親父に俺たちがどれだけ虐待され

ていたか！　ぶっ殺してやる！」

解放された人間の奴隷たちが、若い魔族の領主の娘につかみかかろうとする。

「まあ、待てよ。お前たちの仕返しは俺が代わってやるから。くふふ、魔族の寿命は長い。これから何年奴隷を続けることになるんだろうなぁ。親の因果《いんが》が子の報いとは、よく言ったもんだぜ！」

ガハハと豪快に笑うトモノリに、まだ少女である領主の娘が涙する。魔族の奴隷は寿命が長い分だけ非常に高価であり、捕まえて奴隷にすればいい稼ぎになった。

しかし、奴隷とされた者にとっては無限地獄に落とされるに等しい。捕まえられて奴隷とされた魔族は、いままでの仕返しとばかりに何百年にもわたり虐待されるからである。

身勝手な正義感のまま行動し、新たな悲劇を撒き散らす勇者だったが、そんな彼自身にも悲劇が訪れる。魔王アバドンとの戦いで最愛のマーリンを失ってしまうのである。

「くそ……マーリン。もう戦う気が失せた。好きにするがいいぜ」

残された魔王子アンブロジアを必死にかばう、弟子のマッチョジーにそう言い捨てると、トモノリは失意のまま残った仲間二人とフリージア皇国に帰ってきた。

喜ぶ民衆に対して、王族や貴族は彼の帰国を喜んでいなかった。

このころになると、あまりにも行き過ぎたトモノリの要求に耐えかね、各国の国王たちは勇者パーティを嫌っていたからである。

「ふふ……魔王を倒してくれたか。なら、いまこそ勇者には消えてもらうしかあるまい。各国からも勇者抹殺に関して同意を得られているからな」

勇者トモノリに忠誠を誓ったはずの、フリージア皇国の暫定王カリドク・フリージアは、ひそかに勇者抹殺計画を進めていた。


フリージア皇国で行なわれた戦勝パーティで、トモノリは孤独に酒を飲んでいた。

マーリンを失った悲しみで厭世《えんせい》的になり、ワインをがぶ飲みしている。

「ふん。魔王を倒したんだから、約束どおり世界の皇帝として、好きにやらしてもらうぜ。うぃ～ヒック。どっかいいところに、皇帝にふさわしい巨大な城を築かせて……」

パーティの主役なのに、誰一人として彼のそばに近寄ってこない。

皆、会場の隅で延々と勝手な独り言を言う勇者トモノリを不気味に思い、遠巻きにして見ていた。

「各国の王族や貴族のかわいい娘を、千人くらい集めて……奴隷も一万人くらい欲しいな。各国から毎年一〇〇億アルくらい献上させて……この世界の勇者王として君臨して……ははは」

それは単なる独り言ではなく、実際にトモノリが各国の王に要求した内容であった。そんな条件をのんだら国自体が持たずに破産してしまうか、反乱が起こって滅亡してしまうレベルの過大な要求だった。

（……こいつ馬鹿か？　ていうか、そんなの魔王よりひどいじゃないか。だいたいハーレムってしんどいんだぞ。女性を公平に扱わないといけないから気を遣うんだよ。俺なんて四人でも持て余し

ているのに、千人だってさ。種馬かよ。絶対死ぬぞー）
そんなことを考えながら、その姿をシンイチは冷たく見つめていた。

一人飲み続けるトモノリだったが、しばらくすると勇者パーティの二人がトモノリが座っているテーブルに近づいてきた。

「トモノリ、その、マーリンのことは気の毒だったな。気を落とすな」

「彼女は立派に戦ったわ。永遠に伝説として語り継がれるでしょうね……」

トモノリを慰める親友ジークフリードと、その恋人の大神官クリームヒルト。

しかし、トモノリは不機嫌な顔をして二人をにらんだ。

いつもならその気配りに感謝することもできるのだが、マーリンを亡くしたトモノリには、受け入れる余裕がなかった。

「うるせえ!!　あっちにいけ！」

いきなり銀でできた重い杯を投げつける。銀杯がクリームヒルトの顔面にあたり、盛大に鼻血が噴き出した。

「トモノリ、なんてことを！　クリームヒルト、大丈夫か！」

あわててクリームヒルトを支えるジークフリード。

「だ、大丈夫よ。大したことはないわ。『オメガヒール』」

自分で自分に治癒魔法をかけると、鼻血が止まった。

しかし、彼女の美しい鼻は折れ曲がっていた。

「トモノリ、仲間になんてことをするんだ！」

恋人を傷つけられ、トモノリをにらみつけるジークフリード。

「仲間ぁ？　は、マーリンならともかく、お前らなんか部下だよ」

「……部下だと？　もういっぺん言ってみろ！」

いままで対等な関係だと思っていた相手から部下呼ばわりされ、ジークフリードは激怒していた。

「部下じゃねえか。お前なんかいてもいなくても大して変わらんさ。あのマー坊ですらできた『暗黒天闘術』もお前は身につけられないんだからな。剣を振るしか能がない役立たずさ‼」

酔いの影響もあって、トモノリは本音を漏らした。

内心ではジークフリードを、勇者である自分の引き立て役程度にしか思っていなかった。

「そこの女だって、回復魔法以外なんの役にも立ちゃしねえ。無能同士お似合いだな」

自分の仲間に嘲笑を浴びせかける。自分の恋人であるマーリンが死んだのに、のうのうと生き残っている二人が腹立たしくさえ感じていた。

「それが本心なのか……いままで俺たちのことをそんな風に思っていたのか！」

いつの間にか会場は静まり返っており、出席者全員が固唾《かたず》をのんで、突如はじまった勇者と戦士の諍《いさか》いに耳を傾けていた。

「本心さ。まあ、これからも俺の部下として使ってやるよ。魔王の脅威が取り除かれたいま、お前なんかどこの国に行っても何の役にも立たねえだろうからな」

トモノリの哄笑《こうしょう》が沸き上がると、真っ赤な顔をしたジークフリードはついに剣の柄に手をかけた。

「貴様‼　言わせておけば！」

「やめて‼　ここは戦勝会よ。戦う場ではないわ‼　抑えて！」

剣を抜こうとするジークフリードの手を必死に押さえるクリームヒルト。彼女のおかげで彼はなんとか自制する。

「……わかった。貴様にはもう愛想が尽きた。勇者パーティも今日で解散だ！」

「望むところだぜ‼　俺がいなけりゃ何もできない戦士なんか、すぐに食うにも困るだろうがな‼　そうなったら、俺の城に来いよ。いままでのよしみで、門番でよければ使ってやるよ。あっはっはっは」

トモノリの笑い声を背に、悔しさに歯を噛み締めてその場から離れる二人。

会場の出席者は彼らの動向を見守っていたが、勇者と戦士の戦いがひとまず避けられたのを見てほっと胸をなでおろした。

その様子を見ていた者の中に、今日のパーティを開いたフリージア皇国の若き国王カリドク・フリージアの姿があった。

（くくく……俺は運がいい。最悪勇者パーティ全員を相手にする覚悟だったが、勝手に仲違《なかたが》いして

くれた。やつを毒殺するには、いまが最大のチャンスだ‼)

自ら調合した、王家に伝わる究極の毒薬『リバースエリクサー』をワインが入っている小さな樽に入れて、侍女にトモノリのテーブルに運ぶように指示する。

「勇者様……その、追加のお酒です」

「遅えよ‼　さっさと持って来い‼」

トモノリは侍女を怒鳴りつけると、小さな樽を開けて一気にワインを飲み干した。

すぐに体内に激痛が走る。

「うっ！　ば、馬鹿な！　体力と魔力が消えていく！　き、貴様！　毒を〜」

「ひいっ！」

逃げていく侍女を捕まえようと手を伸ばしたが、そのまま床に倒れてしまう。

「だ、誰か！　助けてくれ！」

毒による苦痛で床を転げ回るトモノリだったが、誰一人助けようとしない。

「ジーク！　クリーム！　助けてくれ……」

必死に手を伸ばした彼が最後に見たものは、ジークフリードとクリームヒルトの冷たい目だった。

完全に勇者トモノリの息の根が止まったことを確認して、カリドクが壇上に立つ。

「皆様、勇者トモノリは役目を終えて、神の手により天界へと旅立ちました。我らは彼に感謝し、彼によってもたらされた平和を楽しみましょう。乾杯！」

「乾杯」

すべての人間が唱和する。会場はすべてが丸く収まったかのように、歓声で満ちあふれた。

（……なんて馬鹿なやつなんだ。力におぼれた勇者の末路がこんなに情けないとは。俺は断じてこんな風にはならない。こいつと俺は別人だ!!）

シンイチは過去の記憶を見て、自分の前世に嫌悪感を抱く。

トモノリの生前、強力な本能に組み伏せられ、欲望にまみれた人生に付き合わされた理性は、分離して一つの独立した魂になった。

もともとシンイチ＝トモノリの魂の元となった神は、いくつもの魂が融合して生まれた神である。地域や国によって違った名前で呼ばれている。

あるときは争いを治め、富をもたらし人々を癒す救世神。

あるときは雷、炎、暗黒をもって人々を虐殺する破壊神。

戦闘力と魔力を本能に残し、知恵だけを持った理性は、穏やかな人生を送るため、一人の平凡な人間＝菅井真一へと生まれ変わったのだった。

（これが俺がレベルアップもできず、戦闘の才能もなく、魔力もなかった理由か……）

シンイチがシルフワールドで得た速さや剣技は、今世で苦労してゼロから身に着けたものであった。過去世で積み上げた潜在意識に残る経験＝才能がなくても、前世での兄ジュベエ・ヤギュウの言葉通り努力することで、なんとかなったのである。

そして本能は、自分の欲望を満たしやすい大金持ちの一家である井山家に転生し、井山光司となる。二つの魂はその宿命ゆえか、今世では激しく戦うことになったのだ。

（本当なら地球で、切った張ったの人生とは無縁で一生を送れたのにな……）

そのとき、誰かの聞き慣れた声が聞こえてくる。

「しっかりして！　お兄ちゃん！　目を覚まして！」

必死になって呼びかけてくる、愛しい少女の声がシンイチの心を温かくする。

「アンリが呼んでいる。戻らないとな」

シンイチの意識は前世の記憶を取り戻したものの、トモノリになることはなく、シンイチとして目覚めていった。

ヒノモト城

「うまくいったか？」

「バッチリよ。前世の記憶を蘇らせたから、当分この城にいる者は混乱して何もできないわ。シンイチもトモノリ・ヤギュウの記憶に翻弄されてまともに戦えないはず」

歌い終わった愛は手ごたえを感じて、自信満々だった。

「ふふ。俺がシンイチをぶち殺せば、行き場のなくなった魂は俺に吸収されて、小槌の制御権を手に入れてロックをはずせるってわけか」

「ええ、ディオサはそう言ってたわよね。それに、都合がいいことに、いまこの世界のほとんどの重要人物がここに集まっているわ。彼らを捕虜《ほりょ》にしたら各国も逆らえないはずよ」

二人は顔を見合わせて、ニヤリと笑う。

「はは、ヒノモト国だけじゃなくてすべての国を支配できるってわけか。一日で全世界の征服。これこそ伝説の勇者にふさわしいぜ!!」

「そうなったらあのときのように、お兄様とお姉様と私で、また楽しい生活が送れますね!!」

喜媚が心底楽しそうに笑った。

「あのときっていつだ？」

「ふふ、最初にお兄様が破壊神という状態で転生したときですよ。お兄様が殷《いん》の偉大なる王といわれた紂王《ちゅうおう》と、お姉様が傾国《けいこく》の美女妲己《だっき》、そしてその妹の喜媚として、人間たちを支配していたじゃないですか」

喜媚は不満そうに頬を膨らませる。

「そういえば、あの時代に私たちが初めて会ったのよね。伝説の暴王、殷の紂王として思うがままに振舞う姿、素敵だったわ。何でも私たちの思い通りになって……」

はるか昔のことを思い出して微笑む愛。

「過去のことは関係ねえさ、これから俺たちの時代がはじまるんだ！」

「そうね。行きましょう」

光司たち三人は、大広間に向かった。


大広間では、多くの人間が倒れていた。自分の前世の記憶が蘇り、人々の混乱の極に達していた。

ほとんどの者が前世の死を再び体験して、苦しめられている。

ある者は奴隷として苦しんで死んだ。ある者は冒険者として旅をする途中で獣に襲われて死んだ。

病弱で長く生きられなかった者もいる。

中には笑みを浮かべている者もいたが、大部分は苦悩の表情を浮かべていた。

しかし、たった一人だけ、しっかりと自我を保っている者がいた。白いウェディングドレス姿の少女、アンリである。

「お兄ちゃん、しっかりして！　目を覚まして！」

彼女はシンイチに駆け寄り、必死に呼びかけていた。

なぜ彼女だけが無事なのかというと、彼女はベルガンサの事件で、前世の記憶＝アリサと今世《こんせ》の自我＝アンリとの統合をすでに果たしていたためである。

しかし彼女は、うめき声を上げるシンイチを心配することしかできなかった。それでも、何かしなくてはと立ち上がる。

（これは……何か重大なことが起こっている。たぶん狙いはお兄ちゃんたちだ……私が守るしかない。『召喚』）

少ない魔力を振り絞り、メアリーから教えてもらった召喚魔法を使うと、白く光り輝く弓が現れた。

アンリがシンイチから託された、ヒノモト国の国宝の一つ、『白光の弓』である。

アンリの周りに、同じく『前世の歌』の影響がなかったシルフィールド、シルフ、風の精霊たちが集まり、辺りを警戒する。

「アンリちゃん！　知らない誰かが近づいてくるよ！　油断しないで！」

アンリは侵入者に備え、大広間の扉に向けて『白光の弓』を構える。

重々しい扉が開いた瞬間、ありったけの魔力を込めて光の矢を放った。


「くく、このドアを開けると大広間か。さすがにワクワクするな」

「王と王妃への第一歩ね」

「私も忘れないでくださいー。王妹ですよ」

のんきな会話をしながら、まったく無警戒で大広間のドアを開ける光司一行。

次の瞬間、矢を引き絞って待ち構えていた少女の姿が目に入った。

「へっ？」

『ホーリーアロー!!』

アンリはシルフワールドで訓練を重ねていたおかげで、弓矢の腕が飛躍的に上がっていた。放たれた矢は超スピードで光司に襲いかかり、正確にその胸を貫いた。

「ぐおっ！」

いきなりの不意打ちで、光司は胸から血を流しながら吹っ飛ぶ。そのまま壁に激突し、口から血を吐きながら崩れ落ちた。

「な、なんなのですか？」

「光の矢？　やだ！　うそ！　光司がこんな簡単にやられるなんて！」

仰天して扉から離れる喜媚と愛を見て、アンリはさらに矢を放つ。

しかし、二人はすぐに物陰に隠れた。

「いまだよ!!　シルフちゃんたち!!　あいつらを捕まえて！」

「オッケー！　覚悟しなさいテロリストたちめ！」

シルフ、シルフィールドをはじめとする風の一族が、一瞬で愛たちを取り囲む。

シルフがその二人に向かって言い放つ。

「あんたたち、井山光司と秋紀愛だね。またシンイチを邪魔するつもりなの？　でも、以前とどこか違うような……」

日本にいたときと違って、彼らからは強大な魔力が伝わってくる。

「あっ！　思い出した。この邪悪な魂は……邪勇者トモノリ・ヤギュウと悪魔道士マーリンね」

指を突きつけて叫ぶシルフ。以前の覚醒してない状態では彼らを見てもわからなかったが、いまの彼らであれば、魂の色を見て正体を見破ることができた。

とっさに喜媚を琵琶に戻して、愛は極大衝撃音波を放つ。

「チッ。くらいなさい！　『大破壊音《ギガントフォン》』」

密集していた風の精霊たちが衝撃波を当てられ、耳を押さえながら地面に落ちていった。

「バラバラじゃ破壊音の餌食になるだけだよ。合体しよう！」

傷ついた精霊たちはあわててシルフィールドの体に逃げ込んだ。シルフィードの体が巨大化していく。

「アンリちゃんとシルフはもう少しだけあいつを引きつけてて。風の精霊しか使えない最強魔法を使うから！」

「わかった。『ホーリーアロー!!』」

「風よ、邪《よこしま》なる者を切り刻め！　『風神刃《フウジンバ》』」

アンリが放つ光の矢と、シルフのカマイタチが愛たちを全方位から襲った。

「くっ！　『防御音《シールドフォン》』」

愛は自分の周りに音波でできた分厚い結界を張って、その攻撃を防いだ。

光の矢が愛を襲うも、音による結界に触れたとたんに粒子となって消えていく。シルフたちのカマイタチも同様に相殺《そうさい》されてしまった。

「……これじゃ、手が出せないよ」

アンリは、完璧に自分たちの攻撃を防いだ愛の防御結界に思わずひるむ。

「大丈夫。前の戦いも同じだった。いまから『極大真空魔法《オメガパスカル》』を作る。あれなら音の結界なんて簡単に吹き飛ばせるよ。アンリちゃんたちは攻撃を続けてて！」

そう言って魔力を両手に集中させるシルフィールド。風の魔力を凝縮して空気を押しのけ、巨大な真空球を作り出す。その姿を見ながら愛は結界の中で真っ青になっていた。

(しまった……このままじゃ動けない……)

確かに結界中にいればアンリたちの攻撃を防げるが、結界を張り続ける限り一歩も動けない。逃げようにも結界から出たらアンリの矢の餌食になる。これでは詰んだも同然だった。

焦る愛の目の前で、シルフィールドが作る真空球がどんどん大きくなっていく。

(まずいわ……あの魔法を撃たれたら、防ぎようがないわ)

シルフィールドが発動させようとしている真空球は、じつは前世でマーリンの命を奪った魔法だった。もろに浴びた結果、真空に包まれ、全身が破裂して死んだのである。

(いや……またあの魔法で殺されるのはイヤ!!)

前世の死に方を思い出してパニックになる愛。そのとき彼女の耳に、喜媚の冷静な声が響いた。

「お姉様、大丈夫です!!　私に任せてください！」

愛の持っている琵琶が、自分の意思で喜媚の姿に戻り、倒れている光司に駆け寄って『打出の小槌』を取り上げた。

「あいつらを目の前から消し去りなさい!!」

『打出の小槌』から光が発せられ、アンリ、シルフ、シルフィールドたち風の精霊を包む。

光が収まったとき、彼女たちの姿は消えていた。


愛は呆然としたまま口を開く。

「こ、これは？」

「えへへ、敵が自分の目の前からいなくなれば、倒したも同然ですからね〜」

倒すのではなくこの場から転移させることで、窮地を乗り切ったのである。喜媚は、自慢気に胸をそらした。

「ほ、本当に危なかったわ……」

思わぬ伏兵に襲われて、死の一歩手前まで追い詰められた愛は、安堵のあまり思わず床にへたり込む。

「お姉様、大丈夫でしたか？」

「ええ、あなたがいてくれて本当に助かったわ……さすが我が妹ね。光司なんかよりよっぽど役に立つわ」

愛は、愛情をこめて喜媚を強く抱きしめた。

「お、おい、助けてくれ……苦しい！」

抱き合う二人に、光司が哀れな声を出して助けを求める。彼は光の矢に肺を貫かれ、呼吸困難に陥っていた。

「……まったく。肝心なときに使えないんだから。この勇者サマは」

腹立だしく光司を見下ろす愛。

「く、くそ。ゴホッ。エリクサーはねえのか？」

「そんなもの持ってるわけないでしょ。でも困ったわね。いまの私たちには強力な回復魔法が使える人間がいないし薬も持ってない。放っておくと死ぬわね」

「た、頼む。何とかしてくれ！　死にたくねぇ！」

ついに恥も外聞もなく、愛の足にすがりついて命乞いをする光司。

「……喜媚、何か方法がないかしら？」

「ふふふ～。また私の出番ですね。確か奴隷ではない人間は所有者のいないモノ扱いなんですよね。ならば……コウジ様、来てください」

喜媚が光司に向かって小槌を振る。光司の姿が一瞬消え、喜媚の近くに再び現れた。

「あれ？　完治してやがる」

なぜか傷が消えており、体力も完全な状態に戻っている。

愛が納得したようにつぶやく。

「なるほどね。この小槌には壊れたモノを完全に修復するという機能もあったわね。傷ついた人間もあっというまに完治させるとは、さすがは伝説の秘宝ね」

「いま、初めてこいつが究極の秘宝だと実感したぜ。道具袋なんか目じゃねぇ。これさえあれば、ほとんど無敵も同然じゃねぇか」

元気を取り戻した光司が豪快に笑う。

「それにしても、喜媚は本当に頭がいいわね。小槌は光司より喜媚が持ってたほうがいいんじゃないかしら？　支援する役目の人間が持っていると、適切にサポートしてもらえるわ」

「ちげえねぇ。小槌をお前に託すよ。俺のケツを守っていてくれ」

光司は信頼をこめて、喜媚の頭をなでた。

「えへへ……」

喜媚は二人に褒められて、うれしそうに笑みを浮かべる。

「さあ、行きましょう。もう邪魔者はいないわ」

三人は大広間へと入っていった。

大広間では、中央の祭壇にヒノモト国の国宝である道具袋が安置されていた。その周囲では、結婚式の出席者たちが力なく床に座り込んでいる。彼らは徐々に意識を取り戻したが、未だに全員が前世の記憶の影響により自由に動けずにいた。

そんな彼らの中を通り抜け、光司たちは傲然《ごうぜん》と壇上へと上がっていった。

「久しぶりだな。菅井真一。貴様をこうしてやることを何度夢に見たか……」

金色に輝く鎧に身をまとい、左手に金色の剣を持った光司が、倒れているシンイチの頭を踏みつける。

「井山光司か……なぜここに……」

シンイチは苦痛の声を上げるが、『前世の歌』の影響で指一本動かせない。

その光景を見て、何人かの魔族の老人が顔をこわばらせる。

「あ、あの魔力。そしてあの装備……まさか、伝説の邪勇者トモノリ・ヤギュウ！　なぜやつが生きているのだ！」

『皇金の剣』『皇金の鎧』をまとったその男は、両目ではあるが、彼らが若いころに魔族を恐怖に陥れた邪悪な勇者、トモノリ・ヤギュウとよく似ていた。

「間違いない……あの魔力は、若いころの余を死の寸前まで追い詰めた、邪勇者トモノリだ……」

やっと正気を取り戻した魔王ノームがうめき声を上げる。その声には恐怖が混じっていた。

ノームの声に光司が反応する。

「ああん？　そういやお前の顔に覚えがあるな……魔王アバドンが死んでも最後まで抵抗してきた

魔将か。はは、お前程度の男が魔王とは、いまの時代はたいしたことがないな」

「くっ……」

あざ笑う光司に、ノームは何とか体を動かそうとしたが、どうしても動くことができなかった。

抵抗しようとするノームを見ながら、愛が冷たく告げる。

「無駄よ。あなたたちは前世の記憶を思い出した。ふふふ、一つの体に二つの記憶を無理やり注入したようなもの。記憶が統合されるまで、ろくに動かすこともできないでしょう」

（くっ……確かに。余の前世は平凡な人間の少年だった。いきなり土の魔族の体に戻っても……）

その言葉にノームは悔しそうに彼女をにらみつける。

愛が言うように、前世の記憶を取り戻した者たちは、現世の体をよく動かせなくなっていた。

前世は人間で、魔族に生まれ変わった者もいる。前世は男で女に生まれ変わった者もいる。さらには、前世で死んだときは子供の体で、今世ではすでに老人になっている者もいるのである。

前世の記憶に刻み付けられた体の感覚が、今世の体の操縦を邪魔してしまう。

シンイチたちは、光司たちの前に無防備な体をさらけ出していた。

「くくく……お前のせいで井山家は没落、親父は逮捕、そして俺はチンピラヤクザの下っ端としてこき使われる身分にまで落とされた。その落とし前はつけてもらうぜ。愛と一緒にな」

光司はシンイチに見せ付けるように、隣にいる愛の肩を抱いた。

「ふふふ。私のことも忘れてないでしょう。幼馴染の愛ちゃんよ。私のことをよくも侮辱してくれたわね。今度は私自身の力で、あなたに仕返しに来てあげたわ」

シンイチの幼馴染で元恋人の秋紀愛も、シンイチを見下しあざ笑う。

「……お前たち……俺に復讐するためにこんなことを……」

「それだけじゃねえ。お前をぶち殺して、世界を征服してやるのさ！」

そう言って思い切り蹴飛ばす。いまだ前世の影響が抜けていないシンイチは抵抗することもできず、血反吐を吐いて床を転がった。

ひとしきりシンイチを痛めつけたあと、光司は壇上に置かれていた道具袋を取り上げる。

「ふふ。久しぶりだな……道具袋と『打出の小槌』がそろった。これで世界を征服できるぜ」

光司が道具袋を開けると、シンイチのときと同様に、袋から魔法陣が飛び出した。それを見たメアリーが顔を引きつらせる。

「な、なんで道具袋を使えるの？　それはシンイチだけの能力のはず……」

道具袋の力を間近で見ていた彼女がその恐ろしさを一番よく知っている。この力の使い方を誤れば、この国自体が滅亡してしまう。

「当たり前だろうが。俺こそが道具袋の正当な持ち主なのさ！　我が前世は伝説の勇者、トモノリ・ヤギュウ！　いいや、『打出の小槌』と道具袋を揃えたいまこそ、真の名前を名乗ろう」

光司は、地面でうめく一同を見渡し、もったいぶって告げる。

「俺は真に世界を支配する絶対神。我を讃《たた》えよ。我が名は『大暗黒天』なり！」

喜媚から小槌を受け取り、光司はポーズを決めてドヤ顔をする。右手に小槌を持ち、左肩に袋を担ぐ光司の姿は、まさしく伝説の神の一人、大暗黒天だった。


大暗黒天。

それは日本でも信仰されている有名な神。

右手の『打出の小槌』を使って財宝を取りよせ、願いをかなえる。左手の『福袋』には人々を幸せにする財宝が入っているといわれる。

本来は人々に崇められる七福神の一人だが、この神には破壊神としての面もあった。

彼と同一のものと見られている神も多い。

インドで信仰されている、雷の破壊神シヴァ。

仏教で信仰されている、炎で魔を滅する不動明王。

そして日本神話では、最初の日本の支配者で、暗黒の黄泉《よみ》の世界に追放されたといわれる大国《オオクニ》主命《ヌシノミコト》と呼ばれていた。

「ふふふ……いまの俺は勇者すら超える絶対神。前世で勇者だったころは、この袋が何だったかも忘れていたが、神としての力と記憶に目覚めたいまなら思い出せる。これは神話の時代から俺の物だったのさ」

光司は二つの秘宝を完全に制御していた。

「馬鹿な！　道具袋は先々代魔王アバドンが作ったもののはずだ」

魔王ノームが苦痛に顔をゆがませながら言う。

「教えてやろう。アバドンは道具袋を作ったんじゃねえ。この世界に召喚しただけだ。やつは世界征服の野望をかなえるため、究極の秘宝を召喚することを望んだのさ。その結果、地球から呼び寄せられたのが、何でも取り寄せられる『打出の小槌』と、何でも収納できる『福袋』さ」

「……」

沈黙して聞く一堂。

「もっとも、この二つの神具は本来大暗黒天が使用を認めた者じゃないと使えねえ。強引に『福袋』と契約を結ぶのが精一杯で、『小槌』からは契約を拒否されたのさ。それで仕方なく『極魔の洞窟』に封印したみたいだ。洞窟に封じられた小槌は、それでも必死に本来の持ち主を取り寄せようとした」

「そうか、だからか……」

ノームがつぶやく。

「そうだ。フリージア皇国は勇者の召喚の儀式をしていた。小槌がそれに手を貸し、本来の持ち主である俺が勇者として召喚されたんだ。ともかく、これで道具袋と小槌は永遠に俺のものだ。前世の夢だった世界征服を、いまこそ成し遂げてやる！　マッチョジーと冒険者たち、来い!!」

光司が小槌を振ると、ギルドマスターと何十人もの冒険者たちが現れた。

「さすがお師匠様ですじゃ。うまくいきましたな。よし、計画通り『変化のペンダント』を使って、こいつらに成り代わるのじゃ！」

マッチヨジーの命令に従い、冒険者たちは倒れている魔王や人間国の王、貴族や大商人などに変身していった。

「これでこの世界を支配したも同然ですじゃ。お師匠様に協力してよかった」

マッチヨジーの顔に愉悦の表情が浮かんでいる。このまま結婚式が予定通り行われたことにして、すべての国の王や貴族をそっくり入れ替え、一日で世界征服を達成する作戦だった。

「よし。こいつらを拘束しろ‼」

冒険者たちがシンイチを縛り上げる。その姿を光司は嘲笑を浮かべて見ていた。


そのとき、パチパチと手を叩く音がした。

光司たちが振り向くと、そこにいたのは、満面の笑みを浮かべたディオサである。

「ディオサか。来ると思っていたぜ」

「ええ。この世界の新たな支配者の誕生を見に来たのよ。世界征服おめでとう」

光司に向かって嫣然《えんぜん》と笑いかける。

「……ああ。お前には世話になったな。報酬はなにがいい？」

余裕たっぷりに笑みを返す光司。

「ふふ、別に何もいらないわ。それより早く、偽勇者シンイチの処刑を見せて」

ディオサがそう言って急かすと、愛と光司は目配せし合った。

(わかっているわね？)

(ああ。予定通りだな)

二人のアイコンタクトが終了し、光司はシンイチに近づく。

「わかった。よく見ていろ」

そう言いながら光司は、冒険者たちに拘束されてうなだれているシンイチの前に立った。

「シンイチを殺して魂を吸収すれば、小槌のロックをはずせるんだったな。それだけでなく、俺は完全に力を取り戻した神になれるわけだ」

一度振り向いてディオサに再確認する。

「そうよ。偉大なる神として真の姿を見ることが、あなたの叔母にあたるアイツの望み……さあ、一気にやっちゃって。偽勇者シンイチは、もう何もできないわ」

そう煽るディオサには、どこか焦りが見えた。が、光司は落ち着いて告げる。

「まあ待てよ。その前に試しておかないとな。収納」

道具袋に手を突っ込んで、片手でマッチョジーに手を触れて念じると、彼の姿が一瞬で消えた。

「問題なく道具袋は使えるみたいだな。道具袋の所有権は俺の魂そのものにあり、小槌の制御権みたいに『理性』だけにあるものじゃないってことか。安心したぜ。マッチョジー出ろ」

再びマッチョジーが現れた。

「いきなり道具袋に入れるなんて、ひどいですじゃ」

「ワリイ。手近にいたんでな」

笑い合う二人に、ディオサはますます焦った様子になる。

「な、何をやってるの？　どうせシンイチの魂と合体するんだから、道具袋の制御権なんて問題ないわよ！　いまは道具袋なんかより、早くシンイチを殺してその魂を吸収しなさい」

そんなディオサの様子を冷たく見ていた愛も、光司を急かすように頷く。

「わかったわかった。というわけでシンイチ、覚悟しな！」

光司はうなだれるシンイチの前で、『皇金の剣』を振りかぶった。


そして、勢いよく『皇金の剣』を振り下ろし……シンイチを避けて、剣で床を叩いた。

光司がディサオに告げる。

「くく、そう簡単にお前の言うことを信じると思ったら大間違いだ。こいつを殺してたまるものか！」

状況が理解できず、唖然とするディオサ。

「え？　どういうことなの？」

いつも他人をいいように操っていた彼女だったが、この展開は想定していなかった。その様子を

見て、愛が告げる。

「ねえ。普通に考えてここまで反発している魂同士が、仲良く融合なんてできると思う？　それに、あなたは、通常理性は本能を抑えると言っていたわよね」

愛の冷たい声が大広間に響きわたった。光司も愛に続く。

「まったくだ。コイツと身も心も一つになるなんて、どんなホモ展開だよ。真っ平ごめんだね」

「だいたい、なんで報酬もとらずに私たちに協力したの？　あなたのメリットは？」

愛が鋭くディオサを見つめる。

「そ、それは昔馴染として、無料でアドバイスしてあげたのよ」

ディオサは激しく動揺していた。

「残念だけどタダで何かしてくれる人は、家族や恋人でもなけりゃ、詐欺師って決まっているの。どうせ、シンイチの魂に光司の力を制御させるつもりだったんでしょ。ただの高校生だった昔ならともかく、勇者だの救世主だの呼ばれるくらい成長したいまのシンイチなら、本能を抑えて光司の肉体を乗っ取り、支配することも可能……違う？」

「くっ……」

自分の考えを言い当てられ、思わず絶句するディオサ。

「で、でも、このままでは『小槌』のロックがかかったままよ」

なんとか言い返すが、愛は余裕の表情をしていた。

「それなんですけどね。そのロックって、実質たいした意味はないんですよ～。お兄様に教えちゃいました。おホホのホ」

後ろから喜媚がしゃしゃり出て、口に手を当てて笑っている。

「ど、どういうことなの？」

「つまり、所有者がいる物を取り寄せられない代わりに、その物の持ち主は取り寄せることができますよね～。人間も引き寄せる対象に含まれてますから。そうしておいて、持ち主を拷問して所有権を手放させるか、もしくはそのまま殺してしまえばいいんですの。そしたら、めでたく宝物の所有権は誰のものでもなくなりますよ～」

喜媚はなんでもないことのように言う。

「おめえは本当に頭がいいよ」

光司に頭をなでられて、喜媚がうれしそうな顔を見せる。

これは喜媚が考えた裏技だった。このやり方ならば、シンイチと一緒にならなくても小槌を使いこなすことができ、どんな物でも手に入れることができる。

「……あなたの存在がこれほど影響してくるなんて。ただの琵琶だと思って油断したわ」

喜媚を軽視していたディオサが後悔を見せる。喜媚の知恵が加わったいまの光司たち勇者パーティは、手が付けられないほど力を持つ存在になっていた。

光司が冷たい目をして言い放つ。

「残念だったな、『雷光』！」

右腕に宿った『皇金の剣』から雷が出て、ディオサの体を麻痺させた。

逃げることもできずに動けなくなるディオサ。だが、彼女はまだ抵抗しようとしていた。

「残念ね。私は不死の女。たとえ雷で心臓を止められても……」

「よみがえるんだろ？　うっとうしいから袋の中に入っていろ」

光司は道具袋を持って近づき、片手をディオサに触れてもう片方の手を道具袋に入れると、ディオサを道具袋に吸い込ませてこの世から消してしまった。


シンイチたちはなす術《すべ》なく、ディオサが道具袋に吸い込まれていくのを見ているしかなかった。

動けないシンイチたちに視線を向けて、光司がつぶやく。

「さて、こいつらをどう始末する？」

「そうね……シンイチは簡単に殺せないし、他の人もいちいち殺すのは面倒ね。身分が高い者ばかりだし、何かのときには役に立つかも。そういうことで、光司、お願い」

「わかった。こいつらを道具袋に入れていこう」

光司はシンイチに触れながら道具袋に手を入れ、「収納」と念じる。すると、シンイチはあっさりと道具袋に吸い込まれていった。

「くっ……体が動かないです」

「動ければ、私のダンスで幻惑できるのに……」

悔しそうな顔をしているウンディーネと晴美も、同じように道具袋に収納されていった。

「ふん！　さっさとやりなよ！　シンイチと一緒なら、どこにいたってボクは構わないよ！」

メアリーがそう喚くのを無視して、光司が収納しようとする。

彼女はギュッと目をつぶってその瞬間を待っていたが、何も起こらなかった。

「あれ？　なんで収納できねえんだ？」

メアリーが目を開けると、光司は意外そうな顔をしていた。

「まあいい。お前は後回しだ」

次に魔王ノームに手を触れて念じると、何の問題もなく収納された。

「別に道具袋が壊れたわけじゃねえんだな……どんどんいくぜ」

光司は出席者を収納し続ける。

結局その場にいた者の中で、メアリー、湖沼の国の王ラック、森の国の王太子リチャード、同王太子妃フェルニー、そして大地の国の王太子ウェルニアとその侍女シビデレアが、なぜか道具袋に収納できなかった。

「変ね……もしかして、こいつらには道具袋が通じない、何か特別な力があるのかも？」

その場に残った者を見て、愛が首をかしげる。

「どうするんだ？」

「そうね……このままにしておいたら、あとで復讐されるかも。でも、殺してしまったらそれで終わりよね……無力化させて捕虜にしておけばいいんだけど。そうだ！　小槌には他にも機能があったわよね。光司、こいつらに対して『小さくなれ！』って念じてみて」

愛はにやりと笑う。

「わかったぜ。『小さくなれ！』」

光司が小槌を振ると、メアリーたちはどんどん小さくなっていった。

「ふふ。人形みたいでかわいいわね。こいつらは人質として飼ってやりましょう」

愛はそう言ってガラスのケースに入れる。こうしてメアリーたちは反抗することもできずに捕虜となってしまった。

ヒノモト国の玉座に、光司がどっかりと腰をかけた。その脇に道具袋を持った愛と、小槌を持った喜媚が並ぶ。

「今日から俺がこの世界の支配者だ!!　お前たち、俺に忠誠を尽くせ!!」

玉座に座った光司が、前でひざをついている冒険者たちを見渡す。

「はは〜。我ら一同、勇者トモノリ様に忠誠を尽くしますじゃ」

新たに宰相に任じられた、元ギルドマスターのマッチョジーが代表して宣誓する。

その後ろに、魔王ノームに姿を変えているSSランク冒険者イワンや、国王、王太子などに変身しているSランク冒険者たち、貴族や大商人に変身しているAランク冒険者たち、ヒノモト国の兵士を束ねる幹部や、各国の王族を守る騎士の姿に変身したBランク以下の冒険者たちが跪《ひざまず》く。

「ここに、大ヒノモト帝国の成立を宣言する。お前たちは各国に戻り、すべての国を征服せよ」

その言葉を聞いた冒険者たちは、魔国や各国に散っていった。

数日後、偽者に乗っ取られた各国は、勇者トモノリを皇帝として認め、その支配下に入ることを世界中に発表した。

こうしてオールフェイル世界は、伝説の勇者の転生者たちによって征服されたのであった。

反逆の勇者と道具袋外伝　ドンコイ濁生記《だくせいき》

～小策士の竜退治～

カストール領

名君と謳《うた》われたセーレン・カストールの死により、新たに伯爵となったアヴニール・カストール伯爵が、とある村から送られてきた要請書を読んでいる。ちなみにセーレンはドンコイの祖父、アヴニールは父にあたる。

「謹《つつし》んでご領主様にお願い申し上げます。われらヤタマ村は長年平和に過ごしていましたが、近年炎土竜《えんもぐら》が大発生しておりまして、麦や特産品のルアファの実の畑が荒らされて困っております。ご領主様のお力を持ちまして、退治していただきたくお願いします」

切羽《せっぱ》詰まった内容に、伯爵は考え込んだ。

（ふむ。この被害は無視できぬな。ここは軍を派遣して退治せねば。幸い炎土竜程度であればそう危険はあるまい。我が私軍だけで済むであろう）

炎土竜は二メートルぐらいの大きさで、「もぐら」と名が付いていても、その姿は蛇のように細長く、地面に大穴を空けて畑を荒らしたり、木を倒したりする魔物だった。あちこちで炎を吐いて作物や家を燃やしてしまうので、早急な駆除が必要となる。

自ら軍を率いてヤタマ村に行こうかとも考えたが、思い直して息子のアーシャを呼ぶ。

「お前が軍を率いて炎土竜討伐に向かうのだ」

「かしこまりました！　カストール家の名に恥じぬように、民を苦しめる魔物を討伐してきます」

装備を固めたアーシャは、完璧な騎士の礼をして命令を受け入れるのだった。

ヤタマ村

カストール軍を率いて村に到着したアーシャは、予想外の光景に驚く。

畑には大穴が空き、麦は焼かれて灰になっていた。

「これは、来年以降の収穫が心配だな」

ルアファの樹も焼け落ち、無残にも実が地面に落ちて売り物にならなくなっていた。ルアファの実とは高級な酒の原料となるもので、カストール領の特産品として莫大な利益を上げている。

しかし、この光景を見る限り、ほとんどの実が腐っていて今年の収穫は期待できそうにない。また、何軒もの村の建物が大きく空いた穴によって傾いており、中には燃えているものもあった。

村の惨状を一望したアーシャはただ言葉を失うほかなかった。ある程度の被害は予想していたが、ここまで酷いとは思っていなかったのである。

ハゲ頭の村長がアーシャに訴えかける。

「へえ、なぜか数日前から魔物たちが暴れ出したのです。ご覧の通りの有様で、村は壊滅的損害をこうむっています。我々はもうどうしたらいいのか……」

悲嘆に暮れる村長に、アーシャは自信を見せて言い放つ。

「わかった。我々に任せるがいい。魔物を退治して、平和な村を取り戻してみせる」

「おお、さすがはアーシャ様。ささ、お疲れでしょう。我が家で休息を」

感心した村長は自分の屋敷にアーシャを案内する。

アーシャは軍に村を囲んで警備するように指示すると、従者とともに村長の家に向かった。


その途中でアーシャは足を止める。

一軒のみすぼらしい家の前で、緑色の髪をした見目《みめ》美しい少女が家族とともに怯えるように抱き合っていた。その隣では、人相の悪い男とフードをかぶった太った男が立っている。

周囲には村人が集まっており、少女に同情の視線を向けていた。

「クシナタ！　すまない！　くそっ、炎土竜が来なければ、こんなことにならなかったのに！」

少女の父親が地面を叩いて悔しがっている。次いで、母親が少女に話しかける。

「クシナタ……カストール城に行っても元気でね」

「はい。お父様、お母様、妹をお願いします」

儚《はかな》げな美少女クシナタが家族に別れを告げている。

「お姉ちゃん！　行っちゃいや！」

腰にしがみつく妹の頭を優しくなで、クシナタはさびしく笑った。

「さあ、もういいだろう。ついて来るんだ」

人相の悪い男が可憐な少女の腕を取り、家族から引きはなす。

「ぐふふ……美しいのぅ。カストール城に着いたら、メイドとしてたっぷりかわいがってやる。さあ、『奴隷の首輪』を付けるんだ」

フードをかぶった太った男がクシナタの首筋をなで回し、首輪を付けようとしていた。

父親は怒りを、母親は悲しみを、妹は嫌悪を、そして村人たちは蔑《さげす》みの視線を二人組に向ける。

それにもかかわらず、太った男はいやらしい笑い声を立て続けていた。

その光景を見て、アーシャは怒りに震えた。村長に詳細を問う。

「……あいつらは何者だ？」

「数日前からこの村に来て、あの太った男のメイドを探しているとかで滞在しておるのです……しかし、おそらくそれは名目に過ぎず、花街《はなまち》に娘を売り飛ばそうとしておるのでしょうが……」

「馬鹿な！　なぜ止めない」

「太った男がやんごとない身分のお方なので、我らは逆らえないのです。あの家は村一番の貧家。畑や樹が駄目になった以上、娘を売らないと税が払えないのでしょう」

従者も娘を気の毒そうに見ているが、自分にできることはないと肩を落とす。

「ふざけるな。私が話を付けてやる」

そう言ってアーシャはいきなり割って入り、太った男から『奴隷の首輪』を叩き落した。

「待て！　か弱い少女を花街に売り飛ばそうとするとは、見過ごせん！」

突然の騎士の乱入に、人相の悪い男は身動きを取れずにいた。少女と家族は戸惑っている。

こんな状況にもかかわらず、なぜかフードの男はあわてて人相の悪い男の背後に隠れている。

人相の悪い男が誰何《すいか》する。

「あ、あんたは誰だ」

「カストール家世子《せいし》、アーシャ・カストールだ。私の目の前で非道は許さん！」

アーシャが男に指を突きつけて名乗った。

「あ、あなた様がお世継ぎ様！」

クシナタやその家族はあわてて地面にひざを突いて敬意を示した。しかし、人相の悪い男はまったく恐れ入らない。

「ふん。それがどうした？　別に俺は何も法に触れることはしちゃいねえぜ。こいつらは今年の税が払えないから借金をするんだ。その担保として娘はメイドとして働いてもらう。何か文句でもあるのか？」

「貴様！　アーシャ様に無礼な！」

周りの兵士たちは憤りを見せるが、男はふてぶてしい顔であざ笑った。

「文句があるなら俺の主人と話をつけるんだな」

「ちょ、ちょっと！」

人相の悪い男に無理やり押し出されて、主人と言われたフードの男はあせった声を上げた。

「貴様が少女をかどわかす悪人か！　顔を見せろ！」

アーシャは逃げ腰になる男を捕まえて、フードをむしりとる。フードの下から現れた顔は、アーシャの実の兄、ドンコイ・カストールのものであった。

ドンコイが気まずそうに、口を開く。

「や、やぁ。我が弟アーシャじゃないか。久しぶり」

「貴様は！　なぜここにいるのだ！」

自分の兄の姿を見てアーシャが驚く。

「アーシャこそ。な、なんでこんなところに……」

「私は伯爵世継ぎとして、カストール軍を率いて炎土竜を退治しに来たのだ！」

そう言ってドンコイの前でアーシャは胸を張った。

「そ、そうか。それはご苦労だったな」

「それで、お前は何をしに来た」

アーシャににらみつけられ、ドンコイはますます気まずそうな顔をする。

「い、いや。私を世話するメイドがおらず困っていて、それで知り合いからヤタマ村には困窮している者が多いと聞いたので、メイドとして働いてくれる者を探しに来たのだ。彼らも私から借金をすれば税が払えるし、私も若く美しいメイドが手に入ると思って……」

申し訳なさそうに下を向いて弁解するドンコイ。アーシャの額に血管が浮き上がる。

「貴様は、民の苦難に付け込んで、自分の好色を満たそうと……」

「ち、違う。本当にメイドとして雇おうと思ったんだ。だって、ほら、もう誰も僕を世話する人がいなくて……皆フローラみたいに逃げ出したんだ！」

ドンコイの弁解を聞くうちに、アーシャの顔が怒りでますます赤く染まっていく。

「フローラの名を出すな！　貴様が彼女を追い詰めたのであろうが！　逃げられて当然だ。他にもまだ犠牲者を出そうというのか！」

いきなり剣を抜いてドンコイに迫る。

「ひっ！　ご、ごめん。許してくれ！」

村人たちの呆気に取られたような視線の中、ドンコイは恥も外聞もなく土下座をする。その無様《ぶざま》な姿を見て、村人たちが笑い出した。

「あはは、情けない」

「何が領主の息子だよ。同じ息子でもアーシャ様とは大違いだ」

アーシャが軽蔑するように吐き捨てる。

「……ふん。今回は見逃してやる。とっとと失せろ！」

「は、はい。行くぞ！」

人相の悪い男とともにドンコイは逃げ出していく。

「あ、あの。アーシャ様。助けていただいて、ありがとうございます」

クシナタがアーシャにすがり付いて礼を伝えると、アーシャの顔が緩んだ。

「いや、いいさ。あいつは私の不肖《ふしょう》の兄だ。民に迷惑をかけるところだった。弟としてわびよう。あいつにした借金など返さなくていいぞ」

アーシャが小さく頭を下げると、村人たちからアーシャを讃える歓声と拍手が湧き上がった。

宿屋

ドンコイに、人相の悪い男が怒鳴り声を上げる。

「くそ！　俺まで大恥をかきましたぜ！　なんで言い返さなかったんですかい？　俺たちは何にも悪いことをしていないのに！」

男は憤懣《ふんまん》やる方ないといった様子を見せる。

「しょうがないよ。世継ぎ様には勝てないし」

気弱そうにドンコイがつぶやく。男はそんなドンコイをあきれたように見つめていた。

「だけど、貸した金はどうしてくれるんですかい！」

血走った目で見つめられ、ドンコイはため息を吐いた。

アーシャは、クシナタの家族がした借金を返さなくてもいいと宣言したのである。法に照らせばアーシャにそんな権限など欠片《かけら》もないのだが、世継ぎの言葉を否定することもできない。カストール家の権力を否定することになるからである。

「仕方ない。僕が補償するよ」

「当然ですな。とにかく、この村じゃ商売できそうにねえ。俺は帰らせてもらいますぜ」

そう言って男は宿屋を出て行く。あとにはドンコイ一人残された。

そのとき、どこからか声が聞こえてくる。

「くくく、見事なドラ息子っぷりじゃないですか。村人たちにまで笑われていましたぜ。逆にアーシャの評判は上がり、ますます後継者としての地位が固まるでしょう」

「濁《だく》の宿命さ。せいぜい僕は恥をかいて、やつを盛り立てないとな」

そう答えると、ドンコイは姿を見せない従者に尋ねる。

「それで、この村の炎土竜の大量発生について、何かわかったか」

「ええ。ヤタマ村では四百年前にも同じことがあって、全滅に近い有様だったらしい。そのあとに伝説の勇者トモノリ・ヤギュウが解決したそうですぜ。その資料がフリージア国立図書館に残っていましたので、失敬してきました」

ドンコイの前に古びた羊皮紙がバサリと落ちてきた。

「これは……」

その内容を読んでドンコイの顔色が変わる。

「いまの住人は一度壊滅したあとに募集された開拓民の子孫。そのため村の名前の由来も勇者の伝説も知りません。まあ、知っていたら、いますぐ逃げ出しているはずですが」

声がクスクスと笑う。

「笑い事じゃないぞ。伝説の勇者もいないし、やつが復活してきたらどうしよう」

「逃げればいいじゃないですか」

じつに他人事のように声が言う。

「この村だけじゃ済まなくなるだろう。他の村も襲われたら、領内が大混乱になる。何とかして倒す方法を考えないと……」

ドンコイは一人頭を抱え、苦悩するのだった。

「我らはいまから炎土竜の討伐にかかる。村人のために一刻も早く駆除するのだ！」

「はっ！」

アーシャの号令により、集団で炎土竜の駆除にかかるカストール軍の兵士たち。

「『バキューム』！」

兵士たちで炎土竜の棲む穴を取り囲み、魔術師が風魔法で吸い出す。

そして、穴から出てきたところを兵士たちが斬り刻んでいく。

まれに大きな個体が暴れて炎で攻撃してきても、アーシャが駆けつけて退治する。

アーシャの指揮のところ、カストール軍は順調に任務を遂行していた。

少し緊張が緩んできたころ、アーシャの元に報告が入る。

「大きな穴が見つかったので確認したところ、炎土竜の拠点であるようです」

兵士たちとともにアーシャが駆けつけると、穴の下には石造りの通路が広がっていた。

「これは？　未発見のダンジョンか。思わぬところで面白いものを見つけたな」

アーシャの目が輝く。

この世界には魔物が造ったダンジョンが複数存在しているが、一部を除いてほとんど冒険者たちに探索されていた。そのため、新しいダンジョンの発見は一大ニュースとなり、発見者は歴史に名を残すことになる。

「ふふ、それじゃ行ってみるか」

「いけません！　我々は下賤《げせん》な冒険者ではないのです。御身《おんみ》はカストール家のお世継ぎ様です。未発見のダンジョンにはどんな危険があるか……」

あわてて兵士たちが止めるも、アーシャは引き下がらなかった。

「うるさい！　私は魔法学院で魔物を倒す経験も十分に積んでいるんだ。行くぞ！」

そのまま強引に入っていく。兵士たちも仕方なくあとに続いた。

「やはり、ここが炎土竜たちの巣みたいですな」

通路を調べていた兵士がつぶやく。

「ふん。恐れることはない。どんどん行こう」

深いダンジョンをもぐっていくアーシャ一行。

その間も何匹もの炎土竜が襲いかかってきたが、アーシャと兵士たちによって撃退されていった。

しばらく進み、地下三階にある小部屋を探索していたとき、兵士たちが喜びの声を上げた。

「アーシャ様、これを！」

兵士が部屋に落ちていた数個の石を拾い上げてアーシャに手渡す。

「これは魔石か？　炎土竜は魔石を集めていたのか！」

その魔石は大きなものになるとサッカーボールほどもあり、かなりの値打ちモノだった。

「しかし、なぜこのようなものを……」

疑問を感じたアーシャたちはさらに奥にもぐっていった。

やがて大きな屋敷がすっぽりと収まるくらい開けた空間にたどり着いた。

「ここは何なんだ？」

空間の中央の床に一つの宝箱が置いてあった。

炎土竜たちが、その宝箱を中心にして魔石で輪を描いていた。

「これは……炎土竜たちが結界を張ってあの宝箱を守っているのか？　ここが炎土竜の発生場所みたいだな。すべて根絶やしにしろ！」

アーシャの命令で、兵士たちは一斉攻撃を仕掛け、炎土竜はすべて一掃された。残された宝箱を見てアーシャがつぶやく。

「この宝箱は何なんだろうか」

かなり大き目の宝箱をよく見ると、二羽の鳥が向かい合い、その周りを草が覆うといった紋章で封印されていた。

「かなりボロボロですが、この紋章は伝説の勇者トモノリの物です」

歴史に詳しい家臣が説明すると、アーシャの顔に笑みが浮かんだ。

「やったぞ！　勇者様の財宝かもしれん」

喜んだアーシャは、家臣が止める間もなく剣を振るい、封印を解き放って宝箱を開けた。

同時刻――宿屋にて

「超特急で言われた物を運んできましたが、こんな物何に使うんで？」

覆面をかぶった『カストールの濁』のメンバーがつぶやく。『カストールの濁』とは、ドンコイの持つ隠密部隊である。

彼らが運んできたのは『ロアン油』という油だった。なぜか何個もの樽にいっぱいに詰めてある。

「ご苦労。あと必要なものはこの村で現地調達してくれ」

ドンコイはこれから起きる災害を見越して、『カストールの濁』を全員呼び寄せたのだった。

「しかし、これから何が起こるんですかい？」

濁たちの質問にドンコイは答える。

「じつは炎土竜は、ある一匹の魔物の分身なんだ」

国立図書館の資料を覆面男たちに見せる
そこには前勇者パーティでも倒しきれなかった、恐るべき魔物のことが書いてあった。

「古代の炎土竜王ヤタマノドラゴンですと？　もしかしてあの伝説の？」

「ああ。古代の火竜王の王子が土竜王の娘に無理やり産ませた、八頭一胴の奇形竜。古代竜の奸智《かんち》と不滅の魂を持つ最強の竜さ。口から吐く炎はすべてを焼き尽くし、その鱗は鋼より硬くてどんな魔法も通じない」

ドンコイの顔にも、わずかながら恐怖心が浮かんでいる。

「そんな化け物がよりによって復活してくるんですかい？」

「奇形ゆえに、竜としての姿を保てるのは一年しかない。だけど、その一年でも国を滅ぼすほどの大災害をもたらす。魔王以上の怪物だな。その上厄介なことに死ぬたびに無数の分身を作って魔力を集め、尻尾の竜剣『尾帝骨《びていこつ》』を核にしてしばらくしたら復活する。この世に炎と土がある限り、永遠に不滅らしい」

「……」

聞いている男たちは無言になっていた。

「前回は勇者トモノリとその仲間が打ち倒し、『尾帝骨』を封じ込めたらしいけど、四百年たってその封印も効力がなくなってきているんだろう」

「ならば見つけ出して再封印をすれば？」

「どこにあるかわからないし、復活まで間がない。だから、僕たちで何とかしないといけない。民のために」

そう言うドンコイの顔には民を守ろうとする決意が浮かんでいた。

「心配するな。勝算はあるよ。そのために必要なものを集めてもらったんだ」

「しかし、ドラゴンに対して何をしても無駄ですぜ。それとも、もしかしてこの『ロアン油』が毒にでもなるんですかい？」

男たちがいかぶる。

「いや、ドラゴンはある意味究極の生物だ。どんな毒も効かない。酒が好きなので貢物に要求することもあるが、酒に酔うこともない」

「では……」

「心配するな、考えはあるんだ」

そうして、これからの作戦を彼らに説明すると、あきれたような視線を向けられた。

「それって反則というか……そんな倒し方は聞いたことないですよ？　上手くいきますかね」

「大丈夫さ。それに、これに成功したら今後は二度と現れないようにすることができる」

ドンコイは自信を持って笑うのだった。

洞窟の奥

嬉々として宝箱を開けたアーシャが見たものは、神秘的な光を放つ一本の剣のようなものだった。

きらきらと輝く刀身のみであり、柄はない。

アーシャが喜びの声を上げる。

「やったぞ。これはきっと勇者が使った伝説の剣だ」

「おめでとうございます！」

周りで固唾をのんで見ていた兵士たちがアーシャを祝福する。

「炎土竜の殲滅《せんめつ》という目的も果たしたし、引き揚げるとしよう」

アーシャがそう言って帰ろうとしたとき、いきなり地面が揺れ出した。

「な、なんだ！」

「見ろ！」

兵士たちがある方向を指さす。

いつの間にか輪を構成していた魔石が輝きはじめる。

『長き眠りより、目覚めるべし。土は我が肉、炎は我が魂。土と炎がある限り、我は不滅。躯《からだ》となりし我が肉よ。いまこそ我が骨に宿れ』

どこからともなく重々しい声が響きわたると、倒したはずの炎土竜が動きはじめた。

同時にアーシャが持った剣のようなものから高熱が発せられる。

「うわ！」

その熱さに思わず剣を投げ捨てるアーシャ。

すると、地面に落ちた剣に炎土竜が群がり、瞬く間に覆い尽くした。

「こ、これは！　いったいなんなんだ？」

やがて赤銅色の鱗をまとった巨大な体へと変化していく。

数分後、十メートルはあろうかという巨体に、八つの長い首を持ったドラゴン――炎土竜ヤタマノドラゴンが現れた。それはアーシャたちをじろりと見下ろしている。

あまりの急な展開にアーシャは体を動かすこともできない。

『愚かなる男たちよ。忌々しき勇者の封印を破ってくれた礼に、命だけは助けてやろう。ははは、しかしこの地下で一生を過ごすがいい』

竜の強烈な思念が伝わってくる。

次の瞬間、ヤタマノドラゴンから強烈な重力衝撃波が伝わってきて、アーシャと兵士たちが吹き飛ばされた。アーシャの意識は闇に沈んでしまった。

ヤタマ村

クシナタは幸福を感じていた。

愛する家族とこれからも過ごすことができるのである。

クシナタの家は村の中でも特に貧しく、多額の借金を抱えていた。そんな状況で今回の災害である。わずかな畑は炎土竜によって食い荒らされたため、税どころか家族が食べていくことさえできそうになかった。このままでは家族全員で奴隷になるか、餓死するしかないところまで追い詰められていた。

人相の悪い男から、金を貸してもいいと言われたときは、怪しいと思いながらも一も二もなくその話を受けるしかなかった。

しかし、これから主人になるという男を見たとき、嫌悪のあまり総毛だった。

いかにも貴族の坊っちゃんらしく質のよい服を着ていたが、だらしなく太っていて顔は不細工。

「ぐふふ」と笑ってクシナタを舐めるように見つめてくる。その目は濁りきっていた。

多額の借金と引き換えに、いやらしい貴族のお坊っちゃんのメイドとして連れて行かれる。そんな不憫《ふびん》な運命を嘆き、死んだほうがマシだと思えた。

そのとき、物語の中から出てきたような白馬の王子様が現れ、自分を救ってくれたのである。

このカストール領のお世継ぎだという彼はアーシャ・カストールと名乗った。この村を救いに来てくれたという。事情を知った彼の命令により、クシナタは今後も村で家族と一緒に過ごすことができるようになった。

「しかし、借金は……」

クシナタが心配する。

「そんなもの返す必要はない。あの豚にはよい薬だ。借金で若い娘の将来を縛ろうなどと、この私がゆるさん、何か言って来たら、私の名前で免責になったと言えばいい」

白馬に乗った彼はそう言って笑うと、白い歯が輝かせた。

「いや、あれが噂に聞いたお世継ぎ様か。なんと凛々《りり》しい」

「これでカストール領は安泰じゃ」

「それに引き換え、あのドンコイとかいう豚はなんだ。聞くところによるとアーシャ様の兄に当たるようだが、愚兄賢弟《ぐけいけんてい》とはこのことじゃ」

アーシャを褒め称え、無様《ぶざま》な姿をさらしたドンコイをあざ笑う村人たち。

不細工でいやらしいドンコイがこき下ろされ、格好良くてすがすがしいアーシャが褒め称えられるたび、クシナタの胸は喜びに満たされるのだった。

「さあ、みんながんばって！　アーシャ様たちが戻ってきたら、精一杯もてなさないと」

村は総出で祝宴の準備をしている。

村を救った英雄たちを慰労しようと腕によりをかけてご馳走を作っていた。クシナタも一生懸命手伝う。

ほぼ準備が終わりかけたとき、いきなり地面が揺れ出した。

「地震か？」

「い、いや、違う！　見ろ！」

村人の一人が指さすほうを見たクシナタは言葉を失う。

いきなり村の畑から、巨大な蛇のような魔物が這い出していたのである。

「あれは！」

「あんな大きな炎土竜がいるなんて！　いや、違う。あれはドラゴンだ！　しかも頭が八つもある！」

その言葉通り、長い首の先には、蛇のような頭が八ついていた。

「グォオオオ！」

ドラゴンが咆哮《ほうこう》すると、八つの口は炎を吐き、村の家を焼いていった。

「きゃぁぁ！」

「逃げろ！」

ドラゴンの圧倒的な力を前に、村人たちは蜘蛛の子を散らすように逃げ出していく。

『逃がさぬ！』

ドラゴンが思念を響きわたらせる。そして村を高重力で作った壁が取り巻いていく。

「なんだ！」

「出られない！」

ヤタマ村はドラゴンが作った結界により、完全に閉じ込められたのだった。


広場に集まった村長をはじめとした村の全員が土下座している。

「なにとぞ、なにとぞお許しを！」

ひれ伏す村民たちを冷たく見下ろしているのは、八つの頭を持つ邪悪なドラゴンである。ドラゴンのそれぞれの頭が一人一人の村人の顔を覗き込み、蛇の舌で舐め回した。

やがて一人の少女を舌で絡め取った。

『うむ。美味だ。気に入ったぞ。この娘を我に捧げよ。そうすれば他の者は見逃してやる』

その思念を受けて、少女クシナタは卒倒しそうになる。

『今夜、大量の酒を用意して、この娘とともに捧げよ』

そう言い残すと、ヤタマノドラゴンは空に飛び去っていった。

「クシナタ……すまん」

「あなたが犠牲になってくれないと……私たちすべてが……」

楽しいはずのパーティ会場は、一瞬で通夜のようになる。

アーシャたちをねぎらうために用意された酒は、すべてドラゴンに捧げられることになった。

クシナタを取り囲んで泣き出す村人たち。

「皆さん、お気になさらないでください。これが私の運命だったのです。貴族のお坊っちゃんにもてあそばれるより、一瞬で終わる生贄《いけにえ》のほうが良いかもしれません」

あきらめきった顔でむなしく笑うクシナタ。幸福の絶頂からいきなり絶望に落とされたというのに、皆に心配をかけまいと気丈に振る舞っていた。

「クシナタ、まだ希望はあるわ。アーシャ様が助けてくれるかもしれない」

「そういえば、アーシャ様と軍はどこに行ったんだ」

姿を消した彼らを村人たちは探したが、どこにも見つからない。

「いいんです。いくらアーシャ様でも、あんなドラゴンにはかないません。それより、皆さんは家に閉じこもって、決して外を見ないでください。ドラゴンは私を食べるだけでは飽き足らず、他にも犠牲を求めるかもしれませんから」

クシナタの言葉を聞いて、泣きながら村人たちは家に閉じこもる。

あとには酒に満たされた八つの大甕《おおがめ》と、花嫁衣装に身をくるんだクシナタが残された。

その様子を宿屋の二階から、太った男がじっと見つめていた。


夕方になって辺りが暗くなったころ、泣き続けていたクシナタが何かの気配を感じてはっと顔を上げる。近づいてきたのは、この世でもっとも見たくない人物だった。その人物がいやらしい笑みを浮かべて口を開く。

「ぐふふ、お前、ドラゴンの生贄にされるんだってな」

「……それがどうかしましたか？」

キッと相手をにらみ返すクシナタ。彼女の前で薄笑いを浮かべる男は、自分を買おうとしたいやらしい貴族、ドンコイ・カストールである。

「ふん。アーシャのせいで借金を帳消しにされて理不尽を感じていたが、やはり光の聖霊はすべてを見ている。お前がこうなったのも自業自得だ」

「なぜですか！」

「お前の家族が借りた金は、結局僕が補償することになったんだ。借金を返そうとせず、うやむやにしようとした泥棒に、光の聖霊から天罰が下ったんだよ」

ドンコイの言葉がクシナタの心を傷つける。

「……ええ、そうですよ。好きなだけ笑えばいいじゃないですか！」

クシナタは泣きじゃくる。そんな彼女をさらに嬲《なぶ》るように、ドンコイはいやらしい笑みを浮かべる。

「だが、死ぬ前に借金は払ってもらうぜ。ぐふふ！」

そう言うとドンコイは、いきなりすべての服を脱ぎ捨ててふんどし一枚でクシナタににじり寄る。

しかし、彼女はドンコイが近づいてきても涙を流すだけで、一切抵抗をしなかった。

「……なぜ逃げない？」

ドンコイは戸惑ったように聞く。

「……逃げてもどうしようもないじゃない。どうせドラゴンに食べられて死ぬんだし。好きにすればいいですよ」

あきらめきった様子で笑う。

そんな彼女に対して、ドンコイは困った顔をして頭をかいた。

「……このまま逃げてくれれば面倒がなかったんだが。仕方ない。ほら」

彼女の鼻元にいきなり何かの香料が押し付けられる。

「な、なにを！」

「『モロロフォルム』さ。カリグラ王子謹製《きんせい》の睡眠薬だからよく眠れるぞ。目覚めたら全部終わっているから、安心して眠りなよ」

その言葉とともに、クシナタの意識が薄れていく。

倒れたクシナタが最後に見たものは、ドンコイの慈愛にあふれた濁った目だった。

「少ししか持ってきてなかったから、効いてくれてよかった。この娘は宿屋に寝かせておけ。準備を急げよ。あと少しでドラゴンが来るぞ」

花嫁衣装をまとい、『変化のペンダント』でクシナタの姿に身を変えたドンコイが命令すると、覆面姿の男たちはあわててドラゴン撃退の準備にかかる。甕《かめ》いっぱいに入った『ルアファの酒』に『ロアンの油』を入れると、二つの液体はほどよく混ざっていった。

「よし。ぐふふ。これからが楽しみだ」

「えげつないですねぇ」

覆面男たちが呆れたような、感心したような声を上げる。

「ドラゴンといえど、所詮は生き物さ。弱点なんて腐るほどあるものさ。いくら生物としてこの上なく強くて、どんな毒でも効かなくてもな。さあ、お前たちは隠れていろ」

ドンコイの号令で『カストールの濁』たちが暗闇に姿を消す。

あとはドンコイただ一人が残された。

人気《ひとけ》がなくなってしばらくすると、不意に一陣の冷たい風が吹く。

クシナタの姿をしたドンコイが見上げると、八つの頭を持つドラゴンが飛んできた。

ズシンという地響きを立て、村の広場に着地する。

『ぐふふ。よく素直に生贄になる決心をしたな。もし逃げていたら、村を焼き尽くしているところであった』

恐ろしい声が辺りに響きわたる。

「……逃げても無駄でしょう。伝説のドラゴン様にかかっては、無力な私たちは慈悲を請うのみ」

少女は殊勝に頭を下げる。

『良かろう。長年の封印で空腹だったところだ。酒を飲んだあと、痛くないように食べてやる』

そう言うと、ドラゴンは八つの頭を酒の入った甕《かめ》に突っ込み、みるみるうちに飲み干していく。

その様子をドンコイは静かに見守っていた。

『ぐふふ……これでだいぶ補給できた。あとは……』

八つの頭が美少女を見下ろし、舌舐めずりをする。

「ドラゴン様。最後に一つだけお聞きしてよろしいでしょうか？」

あきらめきった顔をする美少女に、ドラゴンは嗜虐的《しぎゃくてき》な笑みを浮かべる。

『なんだ？』

「ドラゴン様はなぜお酒を飲むのですか？　その、あまりおいしそうに飲んでいるようには見えないのですが……」

意外な質問にドラゴンは少し考え、大きな声で笑いはじめた。

『ふむ。まあよい。我の口の奥には酒を溜めておく袋があり、それを唾として吹きかけながら炎を吐くと何倍にも威力が増幅されるというわけだ』

「やっぱり……なら、いまお口の中は酒分で満ちていると」

『そういひゅわけら……にゃに？』

口の中に違和感を覚え、ドラゴンの口調が乱れた。そして、八つの口が同時に閉じられる。

『こ、これりゃ？』

焦って首を振り回すが、一度閉じた口は皮膚同士、歯同士で強力にくっつけられ、どうがんばっても開けることができなかった。五臓六腑《ごぞうろっぷ》が互いにくっつき、圧迫されるような激痛を感じる。

『き、貴様、何をした！』

口が開かないので思念波で問いかけてくる。美少女の姿をしたドンコイは残酷に笑った。

「残念ですが、私も死にたくないですからね。一服盛らせていただきました」

『馬鹿な！　完全生物である竜王の我に毒など通じるわけが！』

体内から感じる不快感に吐きそうになりながらドラゴンは怒りの思念を飛ばす。

「完全でも所詮は生物。やり方はいくらでもあります。私が盛ったのは毒ではありません」

薄笑いを浮かべて空になった甕《かめ》を指さす。

「私の友人にカリグラ殿下という方がいらっしゃいまして、勉強嫌いで怠け者でどうしようもない方なのですが、不思議と薬品作りが上手でいろいろ変な物を作られています。その方が遊びで『ロアン油』と『ルアファ酒』を混ぜ合わせたとき、面白いものができました」

少女がドヤ顔で話している間にも、ヤタマノドラゴンの吐き気は続く。

「どうです？　しばらくしたら接着剤になる『ロアン・ルアファ液』のお味は。くくく、口も胃も血管も、体中すべての器官が接着剤でふさがれて、内部から破壊されていくでしょう？」

もはや返答する余裕もなく、ヤタマノドラゴンの巨体は村の広場を転げ回って暴れている。

『き、貴様ぁ！　生き物に接着剤を飲ませるなど、人間のすることか！　いったい何者なんだ！』

「冥土《めいど》の土産に名乗りましょう。ドンコイ・カストールという、ただの人間ですよ。あなたは勇者でも戦士でもない、ただの小策士に敗れたのです」

美少女の姿をした悪魔が高笑いする。

『ふざけるな！　死ね！』

最後の力を振り絞り、八つの頭がドンコイをにらみつけた瞬間、頭部が次々に爆発していった。

ドンコイは冷たく笑う。

「そりゃ、口がふさがれた状態で炎を吐いたらそうなるでしょうねぇ」

炎を噴きかけようとして、ドラゴンは口の中を爆発させてしまったのである。

ヤタマノドラゴンのすべての頭は弾け飛び、長い首と胴体のみが蠢動《しゅんどう》していた。

「いまだ！　尻尾を切り落とせ」

ドンコイの命令で、隠れていた覆面男たちが現れ、集団でヤタマノドラゴンの尻尾に群がり、渾身の魔力を込めた剣を振るう。

弱っていたドラゴンはろくに抵抗することもできず、あっさりと尻尾を切り落とされた。


「ドンコイ様、胴体のほうはどうすれば？」

覆面男たちが気味悪そうに問いかける。

頭がつぶれ、尻尾を切られても、胴体はジタバタと暴れ回っていた。

「もうこいつは単なる肉の塊だ。ほっとけば半日ほどで動かなくなる。いや……まだこれは使えるな。とりあえず、核を取り出すぞ」

そのまま胴体を無視して尻尾を切り開くと、中から真っ白な剣が出てきた。

「ふーん。これが伝説の竜剣『尾帝骨』か。勇者トモノリに封じられるまでは、世界最高の剣の一つとして数多《あまた》の勇者や英雄の手にわたっていたようだね」

白く輝く剣を見て、ドンコイはつまらなさそうにつぶやく。

『……残念だがお前の勝ちだ。我を従えるといい。我はお前を主人として認め、いかなるときもお前を守ると誓おう』

剣から意思が伝わってくる。

「……残念だけど、その手は古いよ。いままで『尾帝骨』の所有者になった者は、例外なく非業《ひごう》の最期を遂げたと記録に残っている。どうせ、所有者をおだてて戦いに向かわせ、倒した敵から魔力を吸い取って復活を早めようとしてたんだろう。そして最後は所有者自身も自分の復活の生贄にしていたんだよね」

『な！　わ、我はそんなことはしない！　そんなのは悪質なデマだ！』

剣から動揺した気配が伝わってくる。

「勇者トモノリがなぜこの剣を使わず封印したのかも、ちゃんと伝わっているんだ。あまり人間を舐めないでほしいね。それじゃ、処置にかかれ」

周囲の覆面男たちにドンコイが命令すると、『尾帝骨』はいきなり『ロアン・ルアファ液』に浸された。

『な、何をする』

「もう二度とヤタマノドラゴンが復活できないように、封印させてもらう」

続いて覆面男たちは、魔力封じの呪文が書かれた鉄板を、これでもかと剣に貼り付ける。

何重にも厚い鉄板で封印された剣からは、もはや思念波も伝わってこなかった。

「ご苦労さん。最後に、これをどこか深い海の底に沈めておいてくれ。永遠不滅のドラゴンさんは永遠に海底に沈んでおいてもらおう」

「承知しました」

剣を受け取った覆面男たちは、海の方角に飛び去っていった。

「やれやれ、これで片付いた。何千年か何万年後に奇跡的に復活するようなことがあっても、少なくとも僕には関係ないな。さて、最後の仕事だ」

そんなことを考えながら、ドラゴンが出てきた穴にロープを下ろす。

その姿を建物の陰からじっと見つめている二つの目があった。

地下ダンジョンの中、気絶から覚めた兵士たちが途方に暮れている。

ヤタマノドラゴンによってダンジョンは崩れ、入ってきた穴から出ることができない。

空しく虚空を見上げて嘆くばかりだった。

「くそ！　どうやって出ればいいんだ。お前たち、何とかしろ！」

アーシャは兵士たちに当たり散らすが、兵士たちにも良い案は見つからなかった。

そのとき、上空の穴からロープが垂れて来る。

「誰か助けてくれるのか！」

真っ先にアーシャがロープにつかまり、するすると上りはじめた。

「やれやれ、やっと出られた……げっ！」

這い上がったアーシャが目の前の光景を見て絶句する。

村の広場では巨大なドラゴンの体が転がり回って暴れていた。

「アーシャ様！　助けてください！」

その近くには昼間ドンコイから助けた美少女が真っ青な顔をして震えている。

「だ、だが、ドラゴンと戦うなんて！」

怯えて逃げようとするが、ドラゴンの体は容赦なくアーシャに襲いかかる。

「わっ！　くそ！」

目の前に迫った長い首に対して滅茶苦茶に剣を振り回すと、予想に反してあっさりと首が飛んでいった。

「あ、あれ？」

ドラゴンの体は強靭な魔力で守られていて、簡単には斬れないというのは常識である。

しかし、アーシャの剣は見事にドラゴンの首を斬り裂いていた。

「アーシャ様！　すごいです。さすがお世継ぎ様です」

少女の歓声がアーシャを調子に乗らせる。

「よ、よし」

アーシャは勇気を奮い起こし、転がり回るドラゴンに斬りかかっていった。

「こ、これは！」

穴から出てきた兵士たちが驚く。

巨大なドラゴンが地面に横たわり、ピクピクと震えている。その体に乗って剣を突き刺し、堂々と胸を張っている青年がいた。

「ははは、私はついにドラゴンを倒したぞ！」

勝利の高笑いを浮かべるアーシャである。

「アーシャ様！　素敵です。みんな、アーシャ様が邪悪なドラゴンを倒してくれたわよ！」

生贄にされた少女が村中を回ってそう知らせると、あっという間に家から出てきた村人たちによって広場は埋め尽くされた。

「英雄アーシャ様！」

「あなたこそが英雄です！」

村人に囲まれ、感謝されるアーシャ。兵士たちもドラゴンを倒したアーシャに尊敬の目を向ける。

村の広場は英雄アーシャをたたえる声であふれ、夜中だというのにパーティがはじまる。

誰もがドラゴンの脅威から解放されたことに喜び舞っていた。

「アーシャ様、どうぞ」

さっそく切り分けられたドラゴンの肉が振る舞われる。

ドラゴンの肉は美味しく滋養にあふれ、魔力を回復させる最高級品である。

村人たちはもちろん、兵士やアーシャですら食べたことのないご馳走に舌鼓《したつづみ》を打ち、村は祭りのような喧騒に包まれていた。

「今日は村の記念日として、毎年祝いましょう」

「それがいい。ドラゴンスレイヤー、英雄アーシャ様に乾杯！」

村人たちは隠していた最後の酒を取り出して、陽気に飲み交わしている。

その騒ぎの中、一人の少女がそっと村から離れていった。


村の外には、一台の馬車が停まっていた。

「やれやれ、疲れた」

そうつぶやいてペンダントをはずすと、儚《はかな》げな美少女の姿がいきなり太った青年に変わる。

「これで全部終わりだな。さて、ボロが出ないうちに帰るか」

「……ドンコイ様」

「うわっと！」

ドンコイはいきなり声をかけられて驚く。振り向くと、目に涙を溜めたクシナタが立っていた。

「……どうして私を助けてくれたんですか？」

真剣な目で見つめられ、ドンコイは決まり悪そうにあさっての方向を向く。

「ふん。何のことだ」

「すべて見ておりました。私の身代わりになり、あのドラゴンと戦ってくれたところを」

クシナタは覆面男たちによって宿屋に運ばれていたが、眠り薬の量が少なかったため、すぐに目を覚ましたのである。

（いけない！　私が生贄にならなければ、村人全員が食べられてしまう）

あわてて広場に戻ったクシナタが見たものは、自分とそっくりな姿をした少女がドラゴンに酒を飲ませている光景だった。

（あれは？　誰なの？）

混乱して見守っていると、いきなりドラゴンが苦しみはじめ、覆面の男たちによってあっという間に倒されていった。そのあと、自分そっくりな姿をした少女はドンコイ・カストールと名乗り、ドラゴンを永久に封じ込める処置をしたのだった。

「ふん。ほんの気まぐれさ。ドラゴンを倒して英雄になるのもいいと思っただけだよ」

「嘘です。それなら、ドラゴンを倒したのは自分だって村の人に言い回るはずです。それが事実なのですから。どうして、どうしてあんなに嫌な人だったのに、身代わりになってまで私を助けてくれたんですか？　どうしてドラゴンを倒した手柄を、アーシャ様に譲ってしまうのですか？」

彼女は、ドンコイがただの肉の塊となったドラゴンの胴体の始末をアーシャにさせたことも見ていたのだ。そして、自分ではなくアーシャに名声をもたらすように仕向けていたことも知っていた。

クシナタはドンコイに抱きついて涙を流す。

しばらくそのままの姿勢でいたドンコイは、あきらめたように首を横に振った。

「それが僕の役割なのさ。アーシャは英雄として歓声を、僕は放蕩者として罵声を浴び続けなければいけない宿命なんだ」

その顔はいままでとは打って変わっておだやかで、嫌らしさは欠片《かけら》もなかった。

クシナタはそれを見て、自分を買おうとしたのも演技だったことに気づく。

「そんな……あなたはアーシャ様よりずっと立派な人なのに、一生犠牲になるなんて。つらくないのですか？　悲しくないのですか？　さびしくないのですか？」

「正直言ってちょっと辛い。だけど、誰かがしないといけないことだから」

寂しく笑うドンコイの顔は、ぶくぶくに太っているにもかかわらず輝いて見えた。

「でも……」

「ふっ。もし君を助けたことに少しでも恩を感じてくれるなら、このことは黙っていてくれ。さあ、話は終わりだ。村の皆とともに騒いで、嫌なことは忘れなよ」

そう言うと踵《きびす》を返して、馬車に乗り込む。

クシナタは暗い夜道に消えていくドンコイの乗った馬車を、いつまでも見送っていた。

数日後

「なぜ君がここにいる……」

呆然としているドンコイ。

濁の塔には、キッチリと『奴隷の首輪』を着けたクシナタの姿があった。

「だって、やっぱり借金はちゃんと返さないといけないですし。それまで私はあなたの奴隷です」

うれしそうににっこりと笑って頭をさげる。

なぜか自ら『奴隷の首輪』を着けて、ドンコイのメイドとして働くことを申し出たのだった。

「ドンコイ様！　どういうことですか？」

フローラが不機嫌に問いただす。

「あ、あなたは先輩の方ですね。これから仲良くしましょう」

平然とそう言うクシナタに、フローラはますますいきり立つ。

「ドンコイ様、私というものがありながら、女の子を奴隷として買ってくるなんて」

「ち、違う。これは何かの間違いだ」

あわてて言い訳するドンコイだったが、さらに別の少女が塔に入ってくる。

「ドンコイお兄様！　新作ができました！　自信作ですよ」

キンキラのふんどしを持ってきたバッジ売りの少女、ベアトリスがドンコイに抱きつく。

「きーっ！　あなたまで」

フローラに責められて、ドンコイはあわてて逃げ回る。

(ドンコイ様の本当の姿を知っている人は他にもいるのですね。これから楽しくなりそう)

ドタバタと楽しそうに走り回る彼らを見て、クシナタは微笑むのだった。

大沢雅紀《おおさわまさき》

広島県三原市在住。好きな小説のジャンルは復讐モノ。「ＲＰＧゲームの道具袋の中に魔物をいれたらどうなるのか？」という疑問を出発点にして、2011 年よりネット上で本作「反逆の勇者と道具袋」の執筆を開始。2012 年 9 月、同作にて出版デビューを果たす。

イラスト：がおう

http://matsulatte.uunyan.com/

本書は、「小説家になろう」（http://syosetu.com/）に掲載されていたものを、改稿のうえ書籍化したものです。

反逆《はんぎゃく》の勇者《ゆうしゃ》と道具袋《どうぐぶくろ》9

大沢雅紀

2015年 11月30日初版発行

編集ー芦田尚・宮坂剛・太田鉄平
編集長ー塙綾子
発行者ー梶本雄介
発行所ー株式会社アルファポリス
〒150-6005 東京都渋谷区恵比寿4-20-3 恵比寿ｶﾞｰﾃﾞﾝﾌﾟﾚｲｽﾀﾜｰ5F
TEL 03-6277-1601（営業）03-6277-1602（編集）
URL http://www.alphapolis.co.jp/
発売元ー株式会社星雲社
〒112-0012東京都文京区大塚3-21-10
TEL 03-3947-1021
装丁・本文イラストーがおう
装丁デザインーansyyqdesign
印刷ー図書印刷株式会社

価格はカバーに表示されてあります。
落丁乱丁の場合はアルファポリスまでご連絡ください。
送料は小社負担でお取り替えします。

ISBN978-4-434-21339-7 C0093